夜间中学

[日]山本悦子　著

王志庚　陈瑜　译

中信出版集团 | 北京

目录

一、奶奶的决定

“今年等不到开学典礼了啊。”

妈妈一边收拾着晚饭的碗筷，一边说。我心想，这是在说什么呢？只听妈妈又说：

“樱花都已经开了呢。”

原来说的是樱花啊。

现在离三月底还有一个多星期的时间，但已经有早樱零零星星地开放了。初中的开学典礼是四月六号举办，照这个情形，只怕到时候樱花已经凋谢了。

“不能在樱花下照相，太遗憾了！”

爸爸已经吃完饭，躺在沙发上悠闲地说。

“没关系，还好啦。”

其实，对于在开学典礼上照相这样的事，我已经有点难为情了，我都已经不是小学生了啊。

“对了，对了，校服取回来了吗？”

“明天去取。”

一说到校服这件事，我就没精打采。

三月初，妈妈就去给我订了校服。

“初中三年要长个子，所以得买得大一点，然后再收一收。”妈妈这么说，所以买了比我现在的身量大很多的校服，然后根据我现在的尺寸收短，打算等我长高以后再放开。

朋美是我五、六年级的同班同学，她有一个哥哥在上初中，所以熟知初中的各种信息。什么初中有一个被叫作“鬼班”的教导老师呀，如果得罪了高年级的女子篮球队队员们会倒大霉啊，在走廊里如果遇到了初三学生，给他们让路是规矩啊，等等，她告诉了我好多初中的事情。

根据朋美的这些信息，我的裙子如果被收短了，一眼就能被看出来，因为裙子边成了双层的。而且，放长的时候，之前被折进去的部分颜色会不一样，看上去会很别扭。朋美告诉我，要买正合适的。她有个比她小两岁的妹妹，所以她跟家里保证，穿校服的时候会好好爱护，到时候再干干净净地给妹妹，以这个为条件，家里给她买了尺寸正合适的校服。当然，也说好了，等校服小了后，会再给她买大的。

但是，我既没有姐姐，也没有妹妹。我的校服完全是我自己的，这套校服我要穿三年也是肯定的，即使裙子边被收成了双层或裙子褪了色。

我们小学毕业已经一个多星期了。

毕业仪式之后，儿童会立马举办了“送别保龄球大会”，关系好的同学们还一起约了去游乐园玩。所以，眼下急需做的事情已经没有了。我们班上的大部分孩子，都是升入小学附近的樱台初中，所以，也完全没有离别的伤感氛围。

我们五、六年级的班主任由美子老师非常年轻，跟我们相处得像朋友一样。班里每个月都会举办联欢会，这让别的班羡慕不已。

在这两年里，我和朋美、穗莉、里沙三个人关系都很好。虽然我心里想，要是四个人一直在一起就好了，但是初中有七个班，现实一点来看，四个人都在同一个班是不可能的。能跟三个人里的任何一个人在同一个班，也许就该庆幸了。最可怕的就是，自己孤零零地在一个班，只是想一想，我都不寒而栗。

一想到上初中，我最担心的就是同学关系了。在新的班级里，会有什么样的同学呢？这是个很重要的问题。如果没有合得来的同学，该怎么办呢？如果只是合不来还好，万一被欺负，那等着我的将会是多么难熬、犹如地狱一样的初中生活啊。

我其次担心的是学习。我小学的成绩几乎都是三个等级中的第二等，只有国语课和图画手工是第三等。小学的成绩只分为三个等级，也不排名次。大多数孩子都认为自己在中间。但是，好像到了初中，期中、期末测试都会有年级排名。我会在什么位置呢？虽然自己也有点好奇，但更多的，还是害怕。

虽然有这么多顾虑，但上初中也不完全是讨厌的事情。到了新的环境，可能也有新鲜有趣的事。我还想进管乐团，实现吹小号的梦想呢。

不知道为什么，我比平时情绪低落，心情也有点沉重。无论是想起水手服、新的班级，还是新的朋友。

“明天我不用上班，给你剪剪头发吧！”妈妈说。

妈妈是理发师，在一个离家坐电车大约一个小时才能到的地方上班，她是那家非常时髦的理发店的店长。

我的头发长度稍微过肩，进了初中以后，要么扎起来，要么剪短。在征得我的同意之前，妈妈已经断然决定给我剪短了。

“波波头很流行哟。”

这个倒是不用妈妈告诉我。现在有一个人气超高的女明星，她的波波头特别可爱，在小学生当中也很受欢迎。

“那可能我也剪一下比较好。”

一直在默默喝茶的奶奶突然说。

“奶奶，你也剪头发吗？你的头发还不长呢。”

奶奶是短发，她没有染头发，所以是一头银发。以她的年龄来说，这样看上去很精神。

“我从四月起也要上学，也想收拾得干净利落一点儿。”

“上学？”

我一边从冰箱里拿出乌龙茶，一边问奶奶。

“您要上的是教俳句[1]的学校吗？”

我用屁股关上冰箱门，被妈妈瞪了一眼。

“我知道了，是唱卡拉OK的培训班吧。”

我想起来，好像不知道听谁说过，在车站旁边，有一个由老咖啡店改成的唱卡拉OK的培训班。

“不是的。”

奶奶深吸了一口气，依次看了看我、妈妈和爸爸，她的表情看上去有点紧张。

“是去上初中。”

“初中？”

我和妈妈异口同声地问。难道奶奶的意思是要去我的学校看看？

“不用去哟，去做什么呢？”

我有点着急了。我上幼儿园的时候，奶奶总是来接我。上了小学以后，如果我忘带什么东西，也是奶奶给我送来。但是，如果我上初中了她还总来学校的话，对我来说就有点难堪了。

听了我的话，奶奶镇定地回答：

“我不去优菜的学校。我要去的是青叶初中——”

“青叶初中？”

“……的夜校班。”

---

① 日本诗歌体之一。

“夜校……班？”

夜校班是什么？我交替看着爸爸和妈妈的脸，两人也是一脸茫然。

躺在沙发上的爸爸嗖地坐了起来。

“夜校班是指夜校初中吗？”

在爸爸说出“夜校初中”这个词之后，奶奶的脸上露出高兴的神情。

“你知道夜校初中啊？”

“嗯，我还是听说过的。”

爸爸含含糊糊地点了点头。

爸爸也知道这种学校，我有点意外。虽然我听说过“夜校高中”这个词，但还是头一次听说“夜校初中”。

“夜校初中是晚上上课的初中吗？”我问爸爸和奶奶。

“从下午五点到晚上九点。”奶奶立马回答我。

“从四月开始，我可能就要去那儿上学了。”

“这事，我现在才刚刚听说啊。”

从声音就可以听出来，爸爸不高兴了。奶奶的声音变小了：

“不知道为什么，我总觉得有点说不出口。现在一把年纪了，还要去上初中……”

奶奶的语气中充满了歉意。爸爸有点怅然若失，看着奶奶，说：

“为什么非要去那样的地方呢？先告诉我们一下理由吧。”

听见爸爸非要她说出理由，奶奶的表情有点僵住了，她似乎在下决心：必须得说出来。她的话断断续续，就像在忏悔从前犯下的罪行一样。

她说，她去学校上学的日子，伸手都能数得过来。虽然小学勉勉强强地毕业了，但初中，别说毕业了，根本就没有入学。

“假的吧！”

我不禁脱口而出。

“不是假的，我真的没有上过初中……”

奶奶用小得快消失的声音说，因为小学也只上了低年级，所以汉字①她几乎都不认识，也不会写。

“汉字都不认识吗？”

爸爸嘟囔着：“这都是什么啊……”他苦恼地抱着头。

既没有上过初中，也没有完整上过小学，这世界上还有这样的事吗？在六年级的社会课上，我学过“小学和初中是义务教育”。而且，听说这是好久之前就有的规定。在奶奶小的时候，应该也是这样的吧。

“难道奶奶是厌学生？”

不去上学的理由，我只能想出来这个了。

六年级的时候，我们班上就有这样一个人，一个叫上村的男孩，最后连毕业典礼都没有来。

“燕学生？”

① 日语的文字主要由汉字和假名两套符号组成，并混合使用。

奶奶重复着，看上去并没有理解这个词的意思。我告诉她，厌学生就是“不想去学校的人”。

“不是这样的。”

“那就是生病了？”我又问。

这次不等奶奶回答，妈妈插了一句：

“在以前，因为打仗，世道乱糟糟的，好多孩子都不能去上学。”

“啊？打仗的时候，奶奶已经出生了吗？”

我惊呆了。

“当然啊！”

妈妈的表情写满了“怎么回事，现在才知道啊”。

“奶奶，您多大岁数了？”

我跟奶奶确认了一下她的年龄。

“我马上七十六岁了。”

马上七十六岁的人，在战争的时候应该已经出生了吧。

为什么之前我完全没注意到呢？

我还以为，战争是很久很久之前的事，战争年代的事，是过去的事了。但是，战争带来的影响还在，而且影响到了我的奶奶。

“我朋友的爸爸就是这样的。”妈妈说。

听奶奶说，青叶初中为了这样的人，专门开设了夜间上课的班级。这样的初中也被叫作“夜校初中”。

奶奶只会读写平假名这件事，爷爷是知道的。所以，一直以来，家里凡是需要“写字”和“念字”的活儿，都是由他代劳的。但是，爷爷在三个月前去世了。他直到去世前的最后一刻，似乎都在担心着奶奶。

“从好久以前开始，我就一直想，要是能自己看报纸、写信就好了。”奶奶说。

“唉——”

爸爸叹了口气，听上去似乎是故意这么大声的。

“这点小事，在家学也没问题啊。我，还有理惠，都可以教啊！”

听爸爸这么说，奶奶连忙解释道：

“听老师说，中学不仅仅是教识字、写字，还会教其他课程。”

看上去除了识字和写字，奶奶还想学很多东西。虽然已经是个老太太了，但她还想着学习，我心里很是震惊。

奶奶低下了头，瘦小的身体缩得更小了。

“可能会给你们添很多麻烦，你们就当是老年人小小的爱好吧。”

“可不是小小的爱好，我觉得很了不起呢。”

说“很了不起”几个字的时候，妈妈特地加重了语气。

“现在想学习，您真的很棒！”

“是吗？”

被儿媳妇这么一称赞，奶奶的眉头都舒展开了。

“是的，是的，优菜也是这么想的吧？”

被妈妈突然这么一问，我连忙条件反射般地点了点头。

“你呢？”妈妈又转头征求爸爸的意见。

爸爸怔了一下：

“啊？啊——嗯嗯，是啊。”

他想了想，含含糊糊地点了点头。

“不过，上学时间是五点吧？我送不了哟，我和理惠回来得都晚。”

爸爸的工作是销售汽车，每天回家的时间是晚上九点左右。妈妈的理发店虽然七点关门，但到家已经八点半了。如果遇上延长开店时间，到家超过九点也是常有的事。他们两人，谁都赶不上奶奶去学校的时间。

“我自己就能去啊。到青叶站也就三站地。学校就在地铁站旁边，比起去优菜的爷爷住院的地方，已经近多了呢。”

爷爷去世前三年，频繁地住院和出院。在这期间，奶奶几乎每天都一个人坐着公交车去医院。

谁都能看出来，爸爸虽然没有明确表示反对，但是他心里不痛快。“完全没必要去那样的地方啊！”他心里肯定是这么想的。

“不行吗？”

奶奶盯着爸爸的脸说。

“不是说不行……天那么黑，不危险吗？”

看着支支吾吾的爸爸，奶奶就像下定了决心一样说道：

“那可怎么办？其实，我已经拜托校长了，请他让我入学！”

“啊？已经说了啊？”

不仅是爸爸，我和妈妈也都愣住了，我们一起看向奶奶。

这些事她是什么时候做的？在我的印象里，奶奶总是唯唯诺诺，对别人说的话，她只会附和“是的，是的”，几乎没有自己的主见。这样的奶奶，竟然自己一个人乘车去了初中，还决定了要入学。

“您看，不管我同意还是不同意，您都已经决定好了啊。”

爸爸悻悻地说。

“是啊，已经是这样了呢……”

奶奶嗫嚅道。

“还是不能去上学吗？像我这样，还想去学校……”

奶奶喃喃地说，一脸的失落。

“可以去上学！您去就行。”妈妈连忙说。

“优菜她爸的意思是，担心您晚上出门不安全，并不是反对您上学这件事。是吧？”

被妈妈这么一问，爸爸只有小声说：

“这个嘛……就这样吧。”

他的声音听上去很勉强。

“所以啊，您路上小心点就行啦。”

“是吗？那……我出门的时候会小心的。我不是孩子了，不用担心的啊。”奶奶低下了头，“给你们添麻烦了。”

她的脸上露出喜悦的神色。我感觉，她其实早就下定了决心要去上夜校初中了。

马上七十六岁的中学生，即使在电视剧里，也没见过这样的事。

这样一来，在今年四月的时候，我和奶奶就会同时成为初中一年级的学生了，但我们在不同的学校，不是同班同学。

我等待着成为中学生这件事……

“奶奶也会穿水手服吗？”

“啊？”

“因为，您成中学生了啊。”

奶奶笑了起来。

“我不会穿的，夜校初中没有统一的校服。”

“为什么啊？”

我愣住了，感觉心里有些怅然若失。

“傻瓜，水手服这样的衣服，奶奶怎么可能会穿。”爸爸有点愕然。

这时候，奶奶如释重负地说：

“真好，今天说出来了。本来我还一直在苦恼到底什么时候说好呢。”

然后，她就一脸释然，回了自己的房间。

和奶奶相反，爸爸则是一副心事重重的样子。在平时，他吃完饭就立马泡澡去了，今天他却一直坐在沙发上，好久都没有要起来的意思。

“怎么了？还是反对优菜的奶奶去学校吗？”妈妈问他。

“也不是反对。”爸爸说，“就是有点吃惊。一起住了四十多年，我都不知道妈不会读写汉字。”

“受打击了？”妈妈有点戏谑地问。

爸爸看着天花板，若有所思。

“这么说的话，我想起来了。以前学校要签字的东西，总是爸来签。爸还跟我说，像通知、文件之类的东西，必须先给他看。妈之后再问爸：‘什么事啊？’”

“我倒是察觉到了一点点。”妈妈说。

“是吗？”

爸爸瞪圆了眼睛。妈妈点了点头。

“住在一起的话，就能知道啊，虽然就知道那么一点点。”

虽然爸爸出生以后就一直和奶奶住在一起，但他却什么也不知道，他脸上的表情看上去五味杂陈。

“这不是件好事吗？七十多岁了想学习，不是件很酷的事吗？”

妈妈拍了拍爸爸的肩膀。

“我都说了，不是反对，只是觉得有点意外。”

爸爸似乎还是很郁闷。

“优菜，你奶奶可能会觉得不好意思，最好不要跟外人说哟！”爸爸说。

“不能跟外人说啊？为什么？”

爸爸目光锐利地盯着我，说：

“什么没上过初中啊，不认识汉字啊，总说这些，你奶奶难道不会觉得难为情吗？所以啊，就不要到处乱说了，特别是优菜她妈。”

“行，行。”

妈妈爽快地答应了。

“优菜，你也是啊。”

“好的，好的。”

我也学着妈妈的样子，回应爸爸。

第二天，奶奶一天都很兴奋。

妈妈仔仔细细地把奶奶的头发剪短了一些，还打趣说：

“啊呀，你奶奶真像女初中生，变年轻了呢。”

剪了头发的奶奶，看上去真的就像年轻了十岁。

我去取校服的时候，奶奶说要跟我一起去：

“我也去看看衣服。”

我告诉她，那是学校指定的服装店，没有什么新潮的衣服，奶奶也不听，还说：

“不需要新潮，只要符合学校要求就行。”

后来，奶奶买了一件白色的衬衫和一条藏青色的裙子，说是要在开学典礼上穿。

奶奶的开学典礼和我的是同一天。妈妈说那天她反正请了假，可以上午参加我的开学典礼，晚上去参加奶奶的开学典礼。

奶奶说：

“我自己去就行，你们不用去。”

因为她拒绝了，所以妈妈后来没有去。不过，奶奶看上去还是面有喜色，她悄悄跟我说：

“理惠性子真好啊。”

白天，只有我跟奶奶两人在家，她什么事都跟我商量，比如：“书的封皮用纸来包奇怪吗？”“室内穿的鞋子在哪里买好呢？”不过，当她问我：“我是不是也能买学生月票啊？”我就犯难了，因为我还从来没买过月票。

“到车站去问问吧？”我说。

“优菜，能跟我一起去吗？”

奶奶央求道，俨然就是我的一个同班同学。

自从我成为中学生以后，和奶奶的地位就对调过来了。在那之前，都是我遇到事情去找奶奶商量：“哎呀，怎么办啊？”被奶奶这么一拜托，我的心情很好，就陪着她去了车站。

到了车站窗口，奶奶说：

“我想买一下学生月票。”

工作人员想都没想就说：

“是给您孙女买吧？”

“啊，不是的。”

我正要解释，奶奶又说：

“是给我自己买的。”

“啊？是老奶奶您要买吗？”

“是的，因为我要去上初中。”

这位年轻的工作人员愣住了，这时候，从里面出来一位工作人员，问：

“是去青叶站吗？”

“是的。”

奶奶松了一口气，点了点头。这位工作人员似乎了解这样的事，他耐心地告诉我们：

“如果要买学生月票，必须要有学校的证明文件。”

“谢谢！”奶奶深深地低下了头，表示感谢，“那我就从学校开了证明文件，再来办理。”

说完，我们就准备离开，工作人员又说道：

“加油啊！”

奶奶笑了，低头向他表示感谢。

连车站工作人员都在鼓励奶奶。虽然只是短短的一句话，但我的心变得暖乎乎的，真想对那位工作人员说声“谢谢”。

我和奶奶的初中生活，同时开始了。

我把教材带回家的那天，奶奶也带回来了她的教科书。等我放学回家后，奶奶特地拿着英语书，来了我的房间。

“看，我们也学英语呢。”

我把两本英语教材并排放在一起比较，发现奶奶的和我的一模一样。*New Horizon English Course I*。

“欸，一样的呢！”

奶奶也学英语，有点出乎我的意料。

“是从A、B、C开始学呢。”

“所以，即使是零基础也没事的。”

“真不错，连英语都教我们。”

奶奶的声音充满了喜悦。她一遍一遍地用手摩挲着教科书的封面。

“奶奶心情不错呢。”我说。

“是啊，我很高兴，很开心。优菜你呢？”奶奶问我。

这个问题，我竟然不能立马回答。

也不是不开心。只是，每天都很紧张。

我们中学的学生，是从两个小学升上来的。我之前就读的樱台小学的学生占了绝大多数，虽然到处都能看到熟面孔，但还是感觉到了一个陌生的地方，总感觉这里不是自己的地盘，心里不舒坦。

也许，是因为校服。

教室里一眼望去，都是藏青色的水手服，沉闷压抑。

小学的时候，我们都是穿自己的衣服。四月的教室里，犹如百花正在盛开，温暖明亮。我们还能随意戴头饰，大家都比着戴各种好看的发圈。和五彩缤纷的小学教室比，初中教室的沉闷阴郁简直让我吃惊。

头发虽然能剪成波波头，但是，在开学典礼上，我看了看四周，到处都是相似的发型，这简直让我目瞪口呆。大家都是同样的发型，同样的衣服，从背影看，根本就分不清谁是谁。

唯一让我欣慰的是，好朋友朋美还跟我在一个班。这样一来，虽然跟穗莉和里沙分开了，但我也不是孤零零的一个人。

另外，我跟后桌的小蕾关系也很好。小蕾有双大眼睛，是个让人看一眼就印象深刻的美少女，而且，一点也不忸怩作态。

至于其他的同学，大多数我都还不太熟悉，要是冒冒失失地接近，又怕被拒绝，所以，我还是处于观望的状态。

这样因为同学关系生出的烦恼，不知道在夜校初中有没有。

“奶奶，你在班上有朋友吗？”

我问奶奶。

“朋友……嗯，感觉不像朋友，年龄差得太多了。”

“大家不都和奶奶的年纪差不多吗？”

“不是的。”

奶奶摇了摇头。

“有年轻的孩子，也有老爷爷。”

奶奶说的“年轻的孩子”，不知道多大。在快七十六岁的老奶奶看来，大部分人都是年轻人。对她来说，“年轻”的范围太大了。

不知道一个班大约多少人，我问了问奶奶。

“四个人。”

奶奶的回答简直让我不敢相信。

“四个人？”

我立马跟奶奶确认，人真的这么少吗？

仅仅四个人，连个团队之类的都组不起来啊。

不过，也许到了奶奶这个年纪，已经不需要朋友了。也许这样也有这样的轻松之处吧。

我们班的班主任小志老师，是位年轻的男老师。他长着高高的鼻梁，细长的眼睛，活像歌舞伎里的旦角，听说上届的学生背地里都管他叫“歌舞伎”。随着课程的更换，任课老师也会换，所以，虽然说是班主任，却不像小学的时候那样总是能照面。而且，小志老师是男生保健体育老师，只有在有活动，或者道德课、班会的时候能见到。之前在学校，班主任几乎是紧紧跟着我们，随时能看到，所以，现在总感觉心里没底。

在我们班，有一个上村同学。只是，我从来没见过这个同学，因为他连初中的开学典礼都没参加。他不来上学的原因，大家都不清楚。我心里暗暗推测，他应该不是被霸凌了。之前的班主任由美子老师也从来没有明说过。

上村的课桌在教室最边缘的那一列的最后一个。大家的座位是按花名册排列的，并不是故意给他放到那么远的。但事实上，他的课桌已经远离大家的视线范围了。

刚开学发讲义那会儿，某位同学还会把上村的讲义塞到他的课桌肚里。但是，刚开学发的讲义太多，桌肚很快就被塞满了。后来，老师们不再给他发讲义了。渐渐地，教室里还有一张上村的课桌这回事，都快被大家遗忘了。

班上有很多孩子，大家都没有见过上村。不过，一旦有人开玩笑说“传说中的生物——上村”，就会有人站出来制止。

在樱台初中，初一的学生在四月份的时候会到处观摩各种社团活动，到了五月份，就会临时进入各种社团，但还不需要每天都参加活动。

我和朋美决定暂时先加入管乐团。本来我们还邀请了小蕾一起加入管乐团，但她说自己不会识谱，对音乐也没什么兴趣，拒绝了。

小蕾想进的好像是羽毛球社团，因为那里有一个她以前认识的学长。

社团活动正式开始是在六月份，所以，现在大多数时候，我还是一放学就直接回家了。

四点左右，我就能到家。每次到家，奶奶都坐在厨房的桌子前学习。仔细看看，她练习的是“花”“草”之类的一年级小学生学的字。刚开始，我很吃惊。虽然已经知道她不会写汉字，但是没想到是这种程度。而且，仔细一看，她每天写的字都差不多。奶奶解释说：

“昨天以为记住了，今天又忘了，所以，只有一遍一遍地重复写。”

我心里暗暗地想：“每天这么写，真的有乐趣吗？”不过，这话我没对奶奶说出口。

当奶奶说她要去夜校初中的时候，妈妈说这是件好事，我也很赞同妈妈的说法。但其实我内心深处真正的想法是：奶奶都这么大年纪了，为什么还想上学呢？现在的我，也是这么想的。即使是初中毕业了，以后也不会继续升入高中或者大学。不会认汉字虽然有点麻烦，但之前的几十年不也那么过来了吗？现在开始学习，真的有必要吗？

就我自己来说，绝对不会有“特别想去上学”这样的想法。出门上学，晚上很晚才回来，到时候天都漆黑一片了。晚上在家看看电视，消磨消磨时间，绝对更舒服啊！

还有一件事情，我也很难接受。那就是事实上，奶奶连小学都没怎么正儿八经地上完。

虽然妈妈说过，这是因为战争造成的混乱，但战争结束的时候，奶奶也就五岁左右，还不到上小学的年龄，那么，她不能上学和战争造成的混乱不就没什么关系吗？即使一年级的时候情况不太好，到了上高年级的时候，局面也应该有所好转吧。至于初中，我感觉肯定是影响不到的。

所以，奶奶没有好好上学，真正的原因会不会是她自己偷懒了……

我决定大胆地问一问。

“为什么您小时候不上学呢？战后虽然有这样那样的情况，但是，奶奶上一年级之前战争就结束了吧？如果想上的话，应该也能上吧？”

这个问题也许有点刁难奶奶，因为话里话外透着的意思是，虽然她现在看上去很享受读书，在认真努力地好好学习，但其实是因为小时候逃学了。

奶奶看上去有点为难。

“是啊。如果非要去上学，也许是能去的。”

果然，我推测的是对的。实际上，是能去上学的。

“不过，那时候我想的是，学校啊，对我来说，可能是没有缘分的地方吧。”

“就这样，您就停学了吗？没有被家里人或者老师骂吗？”

“没有。”

奶奶的回答看上去一点也不心虚。

那可真是个能随心所欲的时代啊。要是现在，肯定会被周围人议论“肯定是厌学了”“父母都干什么去了”之类的。

“那样的孩子不止我一个。还有人家里穷，必须去工作，才能养家糊口。孩子也是人手。那个时代，不干活儿，连饭都吃不起。”

“你们都还是小孩啊。”

我觉得不可思议。没有地方会雇孩子吧。如果不想去学校，也不用撒谎，直接说“不想去”不就好了吗？

但是，接下来奶奶说的话，却让我深深地知道了自己是多么的幼稚。

“那时候，虽然已经不打仗了，但生活也不是一两年就能恢复正常的。在战场上死了的人，是回不来的。我爹去打仗，再也没有回来。优菜可能不知道，那时候，我还有一个比我小两岁的弟弟。妈一个人，要照看我和弟弟，还有一个身体不好的奶奶。妈出去干活儿的时候，我就得在家洗衣服、做饭，或者看着弟弟、照顾奶奶，这些都是我的活儿。”

“奶奶的活儿……可是，你才五岁啊！”

五岁的年龄，还在上幼儿园啊。不多久之前，应该还穿着纸尿裤。这么小的孩子，就要干家务活儿？

奶奶眯缝着眼睛，似乎在回想着过去的事情。

“只说做饭，就比现在麻烦多了。我们家里穷，烧不起天然气，还是烧木头做饭，就是用灶来煮饭啊，烧汤啊。”

“那么小的孩子，用火不危险吗？”

我们从小就被反复教育，火是危险的东西。不仅是我，我的同学们都是这样。我第一次划火柴生火，还是在五年级的料理课上。划火柴的时候，我紧张得心脏怦怦直跳。家政课上用燃气，更是了不得的大事。

“现在想来，是很危险。”

奶奶笑了。

“洗衣服什么的，也没有机器，都是用手洗。冬天更是难受。弟弟只会呜呜地哭。只要稍微有点时间，我就去捡垃圾。捡一些钉子、螺丝之类的，拿到店里去换几分钱。有时候，还去农民家里帮忙。那里还有好几个孩子，都跟我一样，不去学校，在那儿帮忙干活儿。”

“除了奶奶，还有别的孩子？”

“是啊，战争结束以后，没了父母、没着没落的孩子，就被带到农村去干活儿。”

“但是……那样也行吗？法律允许吗？”

具体是怎么规定的，我也不是很清楚，但感觉这样应该是不行的。但是，奶奶干脆地说道：

“那也比饿死好啊。”

饿死还是干活儿？那是一个连孩子都不得不做出选择的时代。

“我还有家人，有住的地方，只是这两点，就让我觉得已经很幸福了。”

奶奶咬着嘴唇说道。

“小学我也去了几次，还带着弟弟。我只是偶尔去，所以也没有自己的座位。老师来教室之前，我都只能一直站着。这是我最讨厌的事了。家里穷得叮当响，身上也脏兮兮的，连便当也没有，又不喜欢别人笑话我。不过，现在想起来，就像优菜说的，如果真想去的话，也许能一直去。”

一个小女孩，牵着年幼的弟弟的手，去学校上学。我努力想象了一下这个画面，却怎么也想不出来具体的情形。不过我知道，假如换了我，应该是忍受不了那样的生活的。

“最终，也没怎么好好上小学。老师也没说什么，可能觉得说了也没什么用吧。”

“奶奶的妈妈呢？”

自己的孩子都不能去上学了，难道还什么也不说吗？

“也什么都没说。”奶奶平静地说。

“什么也不能说啊，肯定是……”

奶奶的眼睛凝视着远方，仿佛在那儿能看到自己的妈妈一样。

“我呀，比起去学校，还是在家照顾弟弟、煮饭更好。虽然不停地干活儿，辛苦得很，但自己能够帮家里一把，我很乐意，我也一直是这么想的。不过，有时候，煮着煮着饭，看着灶膛里的柴火噼里啪啦地烧，不知不觉，眼泪就啪嗒啪嗒地掉下来了，这才注意到，自己在哭。那个时候，也不知道为什么会哭。也许，还是心里的哪儿难受吧。”

一个小小的女孩，独自在灶膛前面默默地哭，想起这个画面，我的心就开始痛。我好想去见见小时候的奶奶，抱抱她，跟她说：“你真棒，你真厉害！”

奶奶没怎么上过学，就这样长大了。即使不会读写，也勉强找到了工作。

“但是，不会读写，还是不方便。最难受的就是守夜的时候。”

“守夜？”

“优菜可能不知道，去葬礼和守夜的时候，必须要写名字和地址。虽然我能用假名[①]写，但是也不能全部都用假名啊。有时候，因为这个，我就只能提前回家了。”

我默默地听着奶奶说的话。

“那时候，我就想学写字。你爷爷还在世那会儿，他会帮我写。但是，奶奶连健治和优菜的名字都不会写……我不甘心啊，连自己的儿子和孙女的名字都不会写。”

① 假名是日文所用的字母，包括平假名和片假名。

“没关系的，会不会写我的名字不重要。”

我用故作轻松的语气说。奶奶看上去有些难过。

“可能是。不过，人人都必须会的东西，自己却不会，总感觉像丢了什么要紧的东西一样。”

“不能去上学，又不是您的错。”

“可能是吧……”

奶奶低头看着自己的手。那双手对一个大人来说，有些显小，还布满了褶皱。她把手一会儿握紧，一会儿又松开，像是在想着什么。过了一会儿，奶奶说：

“我之前去医院看你爷爷的时候，在公交车上看到过青叶初中夜校班的广告。”

在学校校门的旁边，有个广告牌，上面写着“学习和工作都能兼顾”“欢迎随时咨询”之类的话。因为上面用假名标了读音，所以奶奶认得。

“最开始，我还不大懂是什么意思。但是，他们把传单发到了医院。上面写着‘不管多少岁，任何时候都可以入学’。我拿给你爷爷看，他说‘这里就是为了你这样的人办的学校，你可以去’。但是，那个时候我要照看你爷爷，不大可能去上学。不过，从那时候起，我就把这件事记在心里了。在给你爷爷看病的三年里，我一直在想：怎么办呢？怎么办呢？”

三年的时间啊！

“您想得太多了，奶奶。”

“我还是害怕，像我这样的老太太，还想去上初中，肯定会被笑话的。”

我的脑子里一下子浮现出爸爸的脸。

“我还打电话问了，我今年快七十六岁了，还能入学吗？”

“然后呢？”

“他们说：‘明天就请来吧！随时等着您。’”

太好了！我悬着的心放了下来。如果对方语气生硬，也许奶奶就这样作罢了。幸亏遇到了言语温和的人，太好了。

不知不觉，我心里的天平已经开始倾斜，变得支持奶奶去夜校初中了。

但是，奶奶的初中生活，在这之后过了不到一个月的时间，遭遇了一场巨大的危机。

二、突如其来的事故

今年的五月异常热，黄金周的时候，全国的气温都已经是入夏的温度了。在那之后，暑热还在持续，即使入了夜，空气也是温热的。

“优菜的奶奶该回来了呢。”

妈妈一边看着钟，一边说。

夜校初中有配餐，所以奶奶就在那儿吃晚饭。在这之前，我们家一直是大家一起吃晚饭，奶奶缺席的晚餐，显得有点寂寞。只要有奶奶喜欢吃的小菜，妈妈就一定会留一点：“明天白天，让优菜的奶奶就饭吃。”

十点五分。

电车到樱台站是十点一分。如果是我走路的速度，十分钟能到家。奶奶的话时间还要长一点。

爸爸这时候还没有回家。

电话铃响起的时候，是十点二十分左右，是我接的电话。

“我是樱台站的乘务员今村，你的奶奶从台阶上摔下来了，现在正在这里休息。她没法自己走路了，请来接一下吧。”

奶奶从台阶上摔下来了！我的心咚咚直跳。

“妈妈！奶奶从车站的台阶上摔下来了！”

“啊！”

妈妈的脸一下子没了血色，变得煞白。

我脑海中浮现出吓人的画面：血从奶奶头上流下来，奶奶咕咚一声倒下来。总之，各种最糟糕的情形一股脑涌了出来。

妈妈慌慌张张地把车开了出来，我坐在副驾驶座上。从家到车站的几分钟，怎么过得这么缓慢！车遇到红灯停下来的时候，我焦急不已，心想：“快点啊！快点啊！”

终于，我们看到了奶奶，她坐在等候室的长椅上，伸着腿。

看到我们，她合起手来，说：

“对不起，还让你们来接我。”

我紧绷的神经这才放松下来，在奶奶面前蹲了下来。看样子比我想象中好得多。妈妈看上去都要哭出来了。

“让你们受惊吓了，对不起。”

奶奶勉强地笑了笑。

给我们打电话的乘务员今村，就是之前我们遇到的乘务员当中年轻的那一位。

“本来我想叫救护车的，你奶奶说不用，在这儿休息休息就行。”

“虽然摔了一下，但也就是三级台阶。”

奶奶虽然故作轻松，但她的脸色发青。妈妈蹲下身去，这里看看，那里看看，检查奶奶的伤情。幸好，奶奶的背上、头上这些地方没有明显的伤痕。但是，一碰右脚，她就皱着眉头说“疼”。

我和妈妈对视了一下。

今村很热心，帮我们把奶奶抱上车，然后，妈妈径直把车开到了医院急诊。

很快，奶奶就照了X光。幸运的是，骨头没什么事。

“这个年龄从台阶上摔下来没有骨折，真是奇迹。”连医生都这么说。奶奶松了一口气，对我们说：“你们看，我就说不要紧吧。”

但是，也不是完全没有伤，她的右脚肿了起来，扭伤了。虽然拄着拐杖勉强也能走路，但一看就知道很疼。

等我们回到家，爸爸已经在门口等着了。在医院给奶奶检查期间，妈妈给他打电话了。

“没出大事，太好了！”

爸爸的声音都在颤抖，他着实很担心，一听声音就知道。奶奶也感觉到了：

“让你担心了，对不起啊。”

奶奶向爸爸表示歉意，恍惚间，能看到她的眼里有泪花闪过。

爸爸抱着奶奶，把她放到客厅的沙发上。

“这样子会影响寿命的啊！”

如果只有这样的话，他还不失为一个孝顺的好儿子。但是，紧接着，他又加了一句。

“我就说嘛，晚上出门很危险。夜校初中就停了吧！”

不只奶奶，我和妈妈都怔住了。

爸爸刚刚说的是什么？是说“停了”吗？

“你说什么？”

我反应过来之前，奶奶先开口了。

“这不是理所当然的吗？已经遇到这么危险的事了。”

爸爸斩钉截铁地说。

“又不是被盗贼袭击、在学校被欺负了，这样就停了，太可笑了。”

奶奶不同意。但是，接下来，爸爸又说了更加不近人情的话。

“您已经这么大年纪了，还是多待在家里好。就是因为总出去，才出了这样的事嘛。”

奶奶的表情僵住了，咬着嘴唇。这时候，妈妈说话了。

“行啦，不会有什么大事的。”

但是，这句话让爸爸的怒火更旺了。他的态度很强硬，一直喋喋不休：

“不会有什么大事？这是什么话？这次还好只是扭伤了。如果一个不小心，受了重伤怎么办？有很多上了年纪的人，摔了一次就得一直躺着了。因为一点小伤，一辈子都不能动的也有呢！”

爸爸说的话，我不是不明白。他是在担心奶奶，这个我也理解。但是，受伤不一定是因为去上夜校初中啊。在我看来，爸爸就是以这次的事为借口，阻止奶奶去上学而已。

“爸爸本来就不想奶奶去上夜校初中，难道不是以这个为理由，不让奶奶去吗？之前爸爸就说，奶奶去上学可能会觉得难为情，实际上，是爸爸你自己觉得难为情吧。”

爸爸的脸一下就红了。

“什么啊！怎么说话呢！”

接下来可能要被爸爸数落了吧，我想。出人意料的是，他只是愤怒地瞪着我。

“我可没说那样的话！老年人胡乱往外面跑是很危险的。”

“不是胡乱往外跑，只是去学校和回家而已。”

爸爸什么都不懂。奶奶以前不能上学的缘由，她在灶膛前面哭的事，他什么都不知道。

“爸爸还不知道吧，好多年前奶奶就想去上学了。现在终于能去了，奶奶欢喜得很，一直在努力学习，去上学之前她都会好好预习！”

我拼命争取，但是，爸爸的脸上却毫无波澜。

他甚至说：“已经这把年纪了，没必要这么用功了。”

“上了年纪，就没必要用功了？用功还不行吗？爸爸不是平时总让我认真读书吗？为什么到了奶奶这里，就成了没必要用功了？”

现在最激动的人，气得头昏脑涨的人，反而成了我。

“健治，优菜，都别吵了。”

听到奶奶这么说，我和爸爸都闭上了嘴。

奶奶看着爸爸的脸，说：

“让你担心了，对不起。谢谢你为了我而担心，我知道给你们添麻烦了。不过，我是不会停止夜校初中的学习的。现在啊，去上学就是我活着的盼头了。”

“活着的盼头”这样的话都说出来了，就连爸爸都哑口无言了。

“那，您先休息一段时间呢？”

在旁边一直屏住呼吸的妈妈长长地喘了一口气，问道。奶奶摇了摇头：

“没关系的，只要拄着拐杖就能走。”

看样子，奶奶丝毫没有要休息的意思。

“要是您拄着拐杖，还带着包，两只手都占上了，就不能扶楼梯扶手，万一有什么事，就腾不出手来了啊。”

妈妈说得很有道理。平时，哪怕是再矮的台阶，奶奶都会扶着楼梯扶手或者墙壁。一旦两只手都占上了，就很危险。

“至少要休养一阵，等不拄拐杖了再去吧。”

“注意点就行，不用担心的。”

奶奶坚决地说，一点也不退让。我头一次见到奶奶这么强势地说话。妈妈似乎已经预料到了，要说服奶奶是不可能的。

“那，下午的时候，我先回家一次，把奶奶送到学校，再去店里吧。”

妈妈似乎已经在脑子里调整日程了。

我看了一眼爸爸，爸爸一副不满的表情，咬着嘴唇，似乎马上就要说：“还是别去了！”所以，在爸爸要开口的瞬间，我脱口而出：

“我来送！”

爸爸、妈妈和奶奶的目光一起转向我，我这才意识到，自己刚才说了什么。

“这怎么可能？”

爸爸一边叹气，一边说，语气一听就让人生气。

“能还是不能，不试怎么知道呢？”

爸爸说一句，我回击一句。但是，爸爸还是不为所动：

“奶奶去学校那个点儿，你还没回来吧。即使是能赶上，又能怎么样？难道你一直在学校等着下课吗？”

“这……”

虽然现在我还只是暂时加入学校社团，但管乐团的训练已经开始了。训练不是每天都有，结束时间是五点半。不训练的时候，倒是能赶上送奶奶，但如果送去了再回家，下课时再去的话，会很麻烦，我真的能一直坚持吗？

我在脑子里衡量着这些事，旁边的爸爸脸上是一副“看，我说的没错吧”的表情。

“您再想去学校，一个人拄着拐杖也不行啊。硬是要去的话，就要麻烦理惠或者优菜。如果自己清楚这只是老年人的兴趣爱好而已，就不该太任性啊。”

爸爸的语气充满了说教的味道，竭力要证明自己的话有道理。

“是啊。”奶奶低下了头，“不能给大家添麻烦。”

我听出来奶奶在强忍着眼泪。一看奶奶这样，我就受不了，心里似乎有个声音在对我说：

“这样好吗？优菜，让奶奶这样受委屈，真的好吗？在不久之前，你还决心要支持奶奶的啊，你都忘了吗？”

这个声音刺激了我。

“还是我来送吧！”我坚决地说，“一年级的社团还是临时的，不去也没事。而且，送奶奶的时间也不会太长吧，到不需要拐杖的时候就好了，没问题的！”

奶奶吃惊地看着我。

“但是，优菜——”

我立马说“没关系”，打断了奶奶要说的话。

“我把奶奶送到教室，快放学的时候，再去接您就行吧？没什么的。”

说着说着，我的决心也越来越坚定。是啊，这也不是什么大事，我肯定做得到。

“真的没问题吗？”

妈妈问我，语气里还是有一丝担忧。

“没问题。”

我紧紧握住了奶奶的手。

“幼儿园的时候，奶奶总是来接我。现在，让我来接送奶奶吧。”

“谢谢……”

奶奶的眼睛里，有湿漉漉的东西在闪烁。

“从明天开始，我就送您。放心吧！”

我在心里小声对自己说，再次为自己加油打气。

就这样，我每天往返青叶初中夜校班的生活拉开了序幕。

三、初到夜校初中

第二天放学，我是一路小跑回家的。

“奶奶，等着急了吧？稍等，我这就换衣服。”

我跟管乐团的老师说：“我要送受伤的奶奶去上夜校初中，请让我请段时间假。”社团的顾问中村老师是位年轻的女老师。“夜校初中？”她歪着头思索着。看样子，她连“夜校初中”这个词都没听说过。我有点吃惊，原来老师中也有不知道这事的啊。

我跟她说明之后，老师说：

“夜校高中我是知道的，夜校初中还是头一次听说。”

老师的想法跟我一个月之前一样。我深深地觉得，知道夜校初中的人实际上是很少的。

奶奶今天似乎也在厨房桌子上预习，她正把摊在桌上的讲义收起来，放到布袋里。

“这个让我来背吧。”

我拿过奶奶的布袋，挎到自己肩膀上。

奶奶右手拄着拐杖，左手扶着我的胳膊，一步一步慢慢走起来。

最开始，我心里还直打鼓，不知道我们俩到底行不行。不过，一路从家走到车站，我们好像已经找到了节奏。

到了车站，昨天那位叫今村的工作人员也在。奶奶低下头，说："昨天真是多谢您了。"

"您是去学校吗？没事了吧？"今村担忧地问。

"嗯，孙女送我过去。"奶奶转头看着我，自豪地说。

"是吗？"今村看了看我，"真是一个好孙女。"

面对夸奖，我不知道怎么回答，只有默默地低下头。

奶奶熟练地把月票放到闸机上。嘀—— 我紧接着也刷了卡。

"慢走啊——"今村说。

"谢谢，再见——"奶奶跟他道别。

这样一来，奶奶就又能上学了，我心里想着。

到夜校初中所在的青叶站有三站。这时的车厢有点拥挤，已经没有空座位了。不过，我们旁边的一位女士立马站了起来：

"请坐在这里吧！"

她把自己的座位让给奶奶。

"谢谢！"

在奶奶道谢的时候，我也低头表示感谢。虽然座位是让给奶奶的，但我心里也高兴。被人善待，是如此美好的感觉，我还是头一次知道。

从樱台站到青叶站，大约是十五分钟的车程。

虽然只有短短十五分钟，窗外的景色却不停地变换。樱台站附近有很多崭新的住宅，青叶站附近的住宅就比较老旧。青叶站附近还有一片老式小商店，“大减价”的广告挂旗和招牌格外引人注目，要用一个词来形容的话，“老街”这个词最合适不过了。

在车站北边，就有一条老街，街头挂着“青叶步行街”的牌子。街道两边的小店鳞次栉比：手工豆腐店、电器店、便当店，以及卖自行车的店、花店、熟食店。傍晚的老街，就像办庙会一样热闹。

走着走着，炸鸡店香喷喷的味道钻进了我的鼻孔，肚子顿时觉得饿了。于是，我看了看炸鸡店，正好，店里的阿姨也看到了我。

“小姑娘，尝一个吧！”

她把免费品尝的肉串递到我面前，我正伸手要拿，才想起两只手都拿着东西。

“晚点我再买吧！”我说。

这时候，奶奶已经在看其他的人了。

“马上就到了呢。”她跟我说。

这么热闹的商业街，怎么都和学校联系不到一起。真的在这里吗？我有点疑惑。

到了商业街的尽头，有一个五金店，再从拐角往左拐。

这时候，我似乎来到了另外一个世界。在笔直的街道对面，绚丽的晚霞铺满了西边的天空，晚霞之下，矗立着一些建筑，看上去像是学校。

“那就是青叶初中。”奶奶说。

走近一看，前方首先映入我眼帘的，就是校门旁边的广告牌。这就是之前奶奶说过的那个广告牌。

“学习和工作都能兼顾的夜间班级，欢迎随时咨询！”

每个汉字上都标着读音。

校园正对面是三层小楼的建筑。楼的形状细长，就像一个“『”形状的符号，边缘处向右边折了一下，还有短短的一段。正对面的台阶上，坐着几个穿着校服的女孩子，看样子像是白天在这儿上课的学生们。其中的一个女孩子说了句什么，其余的人爆发出一阵欢笑，有人朝我看了看。虽然她们没有明说“有外人来了”，但我还是猛地往后缩了缩。从这群女孩子旁边经过，我的内心是有点抗拒的。这时候，奶奶轻轻握了握我的手。

“那边是白天上课的初中，晚上在这边上课。”

最开始，我还以为是同一间教室，白天和晚上交替使用，原来并不是。“『”符号短的那段就是夜校初中。连鞋柜也有夜校初中专用的，上面还整齐地贴着姓名贴。在一个贴着“泽田幸子”的柜子里，放着奶奶在室内穿的鞋。

“晚上好！”

有人向鞋柜这边走来，跟我们打着招呼。我回头一看，是一个扎着丸子头的女子。她看上去大约二十岁，或者更年长一些。

她瞪大了眼睛，看着奶奶的脚：

“幸子，怎么了？”

她说话有点磕巴，难道说，不是日本人？

“我从台阶上摔了下来，扭伤了脚。”

奶奶跟她解释道。

“那真是不得了啊！”

她提高了声调，惊呼声引来了另外一个女子，看上去也是个成年人。她们叽叽咕咕地交谈着，用的不是日语。然后，她们又用日语说：

“我来拿东西吧！”

“我来开门！”

“谢谢，谢谢！”

奶奶向她们道谢后，说：“孙女陪着我，没关系的。”

我的下巴猛地动了一下，连忙朝她们点头行礼。

“孙女来送您了啊。”

应该是听懂了奶奶的话，两人笑了笑，就走开了。

确定两人走远了之后，我问奶奶：

“那两个人是谁啊？”

“她们是日语班的，是中国人，名字我听了好多次，不过都没记住。”

那应该跟奶奶不是同一个班的。刚才她们管奶奶叫“幸子”，看来奶奶在这儿就是这么被称呼的。听她们这么叫奶奶，我还有点不大适应，头一次听奶奶被这样叫名字。

“晚上好！”

这时候，又有一个人从我们面前走过，这次是个男的。他的五官立体，一看就是个外国人。

“这里是不是有好多外国人啊？”我问奶奶。

“大部分都是外国人。”

奶奶回答，似乎这是理所当然的。

“可能我忘了跟你说了，这里只有我们班的四个人是日本人。”

四个人？日本学生，总共才四个人？

“一共多少学生啊？”

奶奶想了想：“多少人……五十人左右吧。”

五十个人，其中日本人才四个。

我竟然到了这么神奇的地方。我们学校虽然也有外国学生，但只有几个，日本人占了绝大多数。

奶奶的班是“B班”，在二楼。我扶着奶奶，上了台阶。

“幸子，你是受伤了吗？”

也许听之前我们遇到的两人说了，一上楼，有一个戴圆眼镜的人急急忙忙地跑了过来。她的年龄和妈妈差不多大，应该是日本人吧？我心想。

“只是在台阶上摔了一下，右脚有点扭了，但没有骨折。”

虽然是在报告伤情，奶奶的语气里却透出一丝自豪。也许是因为医院说过，在她这个年龄，摔伤而没有骨折简直是奇迹吧。

“这是我的孙女优菜。”

奶奶把我介绍给她，她对我说：

“我是班主任间濑。”

这下我就明白了，她是奶奶的班主任。只不过，感觉和我的班主任大不相同。她穿着一件polo衫，一条长度到膝盖以下的裙子，与其说是老师，还不如说更像哪位学生的妈妈。

“孙女最近每天都会送我，一直到不用拐杖的时候。”

“哎呀，这真是……这么好的孙女。”

听她这么说，奶奶又说：

“是啊。优菜主动说要来接送我，真的是一个细心的好孩子。”

又来了，今天已经不知道是奶奶第几次夸我了。

“奶奶，别这样。”

我小声说，拉了拉奶奶的胳膊。看到这番情景，间濑老师笑了。

“你多大了？”她问我。

我回答她，上初中一年级了。

“是吗？那和幸子是同一个年级呢。”

圆圆的镜片下，她的眼睛笑成了半圆形。

“是要在这儿一直等着，到放学的时候吧？”

“我先回家，之后再来。”

“这样吗？”间濑老师点了点头，又说，“你想的话，可以在这儿一起吃晚饭哟。”

之后她又补充道：“今天可能还不行，从明天起，就可以一起在食堂吃饭了。”

夜校有晚饭，我自然是知道的。但是，我也能在这儿吃饭吗？

“这样好，就这样吧！”

奶奶的眼睛都亮了。

“但是……”

如果在这儿吃饭，就必须要一直等到奶奶放学。几个小时都在这里消磨过去，似乎有点难。时间该怎么打发呢？

间濑老师就像看穿了我的想法一样，又说：

“等着的时候，你可以在教室里写作业，也可以去图书室看书，自由安排就行。”

她为我怎么打发时间提供了建议。听她说可以自由安排，我有点动心了。当我还在犹豫不决的时候，她又说：

“不用现在立马决定哟。如果你决定在这儿吃的话，随时告诉我就行。”

这个话题间濑老师就说到了这里。原来不用马上决定，我松了一口气。

间濑老师从我手里拿过奶奶的布袋：“后面就交给

我吧。”

“一会儿见。”奶奶像孩子一样朝我挥了挥手，就进了教室。我看了看教室，只见里面摆着四张课桌，只有白天上课的教室的一半那么大。奶奶的座位在最靠近走廊的这边，她旁边的人还没有来。再旁边的座位上，坐着一个年轻的女孩。女孩也看到了我，朝我害羞地一笑。看上去是个内向的人，感觉有点像大学生。

在女孩的边上，也就是靠窗的位置，坐着一个男人。他把头埋在桌子上，看不出来多大了。

我正准备回家，突然听见一阵喧闹声。三四个外国男孩走了过来，都是二十岁左右的年纪。

他们走到教室门口，探头往里面看。

“幸子，伤没事吧？”

“骨头断了吗？”

“痛吗？”

看样子，他们是听说奶奶受伤了，很担心，所以来看看。我有点意外，没想到奶奶还交了朋友。难不成，奶奶在这里还很受欢迎？

见我看着他们，其中一个人的视线也转向我。在我们目光交会的时候，他朝我露出友善的微笑。

咚！咚！我的心脏猛烈地跳动着。

他的皮肤是健康有光泽的褐色，一双眼睛深邃俊美，长长的睫毛向上卷曲，就像给眼睛镶了一层边一样。这么好看的男孩，我还是头一次见到。

见我出神地望着他，他又笑了。

“真可爱。”他说。

当我意识到这句话是对我说的之后，脸一下就红了，滚烫得像火烧一样。

“啊，奶奶，我先走了啊……”

我跟奶奶打了个招呼，就急忙下了楼梯。

这还是我出生以来，第一次被男性称赞“可爱”。我的心脏怦怦地跳个不停。

不知道为什么，我对夜校初中的好感度骤增。这里到处都是外国人，而且都是大人，感觉不大像初中，反而像一个别样的世界。

到了青叶站，电车刚走。我又等了十分钟，才坐上下一趟。坐上车，我才想起来忘了买炸鸡肉串。算了，就这样吧。

到了家，已经六点多了。九点要再到学校的话，八点多又要出门。虽然路不远，但往返几次还是麻烦，也许应该拜托间濑老师，在学校吃饭比较省事。到时候带着作业和书，找个地方等奶奶放学，这样会轻松一点。

八点半左右，我又一次到了青叶站，然后小跑着往夜校初中赶去。穿过青叶步行街的时候，之前我看见的炸鸡店正准备打烊，店主阿姨在关卷帘门，她看到了我，问：

“哎呀，是你啊，刚才也经过这儿了吧？跟腿脚不方便的那位老奶奶一起。”

“是的，我现在去接奶奶。”

我用手指了指青叶初中的方向，阿姨一边“嗯嗯”地应答，一边不停地点头。

“是吗？真了不起！请稍等啊！”

阿姨停下了关卷帘门的手，转身进了店里。等她再出来的时候，手里拿着一个小纸袋。

“请和奶奶一起吃吧。”

里面装的是热乎乎的炸鸡肉串。

“谢谢您！”

我深深地低下了头。

“有这么好的孙女，你奶奶真是好福气。”

“没有……”

我都不知道该怎么回答了。不过，心情还挺好。

等我到学校，还差一点才到九点。

送奶奶来学校的时候天色尚早，所以，那时候也不清楚哪部分是白天的初中，哪部分是晚上的初中。现在天已经漆黑，就一目了然了。在黑暗中静静矗立着的，是白天的初中；教室被暖色灯光照亮的，是夜晚的初中。夜校初中的教室窗户开着，里面的声音也传到了我的耳边。

之前我陪奶奶来的时候直接上了二楼，没有注意到其实一楼也有教室。离我最近的是“D班”，然后是“E班”“F班”“G班”，最里面是“H班”。

A、B、C……我掰着手指头算了算，一共有八个班。还真是不少啊！

鞋柜旁边的告示牌上贴着海报，上面写着：“来夜校初中学习吗？”跟外面看到的广告牌一样，汉字全都标着读音。不仅如此，下面还写着一些外国文字，我猜是英文和中文。

上了二楼，就能听到奶奶教室里的说话声了，他们还在上课。

为了不打扰他们，我在走廊里慢慢踱步，等着奶奶下课。这一层还有教师办公室和图书室。在经过教师办公室的时候，我遇到了一个穿着西服一看就知道地位很高的人，他问我：

“是泽田幸子的孙女吗？”

我点了点头。

“我是校长村田。”

原来是校长先生。

“我听间濑老师说了。你真是个孝敬奶奶的好孙女，大家都很敬佩你。”

原来这事在教师办公室也传开了，一时间，我害羞极了。校长先生又说：

“你替我们接送幸子同学，真是非常感谢！”

他向我道谢。这样的小事，校长竟然向我道谢……

奶奶第一次打电话过来，跟她说“随时等着您”的，说不定就是这位校长先生。

在教师办公室前面的告示牌上，贴着好多照片，应该是去年照的。“春游”“排球比赛”“修学旅行”“毕业典礼”，这些活动和白天的初中没什么两样。照片里的学生们脸上都挂着灿烂的笑容。虽然他们穿的衣服各式各样，年龄不尽相同，连肤色都不一样，但每个人看上去都很开心。

就在我欣赏照片的时候，B班的门开了，奶奶的身影出现在门口。

“已经能回去了吗？”

我刚问，间濑老师就出现在奶奶身旁，说：

“今天的课已经上完了。”

她提着奶奶的布袋。

“谢谢！”

我去接布袋的时候，顺便看了看教室里面的情形：课桌椅都被挪到了后面，要开始打扫卫生了。

“啊，还要打扫卫生啊？”

我有点意外，自言自语道。

“是啊，不过，今天我就算了吧。”奶奶说。

确实，她还拄着拐杖，去参加大扫除是不大现实的。只是，仅仅四个人的班级，少了一个人，其余的人负担应该重了很多。

“我去替您吧？三个人打扫太累了。”

我会这么说，可能有今天总被表扬“真了不起”的原因。潜意识里，我想表现得像个好孩子。

“老师，优菜替我打扫卫生。”

奶奶已经立马告诉给老师了。

最开始，老师说：“不参加也可以。”其实，我只是一时心情好才这么说，也不是非要去帮忙，但是，奶奶却比谁都积极：

“没事的，没事的，本来全都让他们三人做，我就很过意不去。”

有点被奶奶赶鸭子上架的感觉。

“给你。”

有人给我拿了一把扫帚，是之前看到的那个年轻女孩。也许是因为要打扫卫生，她烫着波浪卷的头发被扎到了后面。她见我看着她，笑了笑，右边脸颊上露出了一个酒窝。

“我叫畑中美织。”

她语速很慢，慢到都让我怀疑她是外国人。不过，听名字，又是日本人的名字。

“我叫泽田优菜。”

我也跟她做了自我介绍。

“叫你优菜可以吗？”

美织凑近我的耳朵，小声问。

“可以啊。”

她多大呢？看外表像是个大学生，不过，她一说话，感觉比我还小。

“你叫我美织就行。”

说完这句话以后，她有点不好意思地耸了耸肩膀。

好可爱的女孩。

我们扫完地之后，一个老爷爷开始默默地擦地板。他不像我们班的男孩们擦地，压根不在意擦没擦干净，只是嗒嗒嗒嗒地跑过来跑过去，而是仔仔细细地从一个角落擦到另一个角落。

“松本同学擦了之后，地板干净了好多呢。”

间濑老师一边搬桌子，一边说。

原来，这个老爷爷的名字叫松本。他个子很高，不仅头发全白，连眉毛也白了，脸上布满了皱纹。

“和真，黑板请擦得更仔细一点哟。”

老师提醒的是一个男孩，就是刚才那个趴在桌子上、我没看清脸的男孩。他肤色白皙，脸蛋鼓鼓的，年龄看上去和我差不多大。

和真每擦一次黑板，就叹一口气。虽然我也不认为打扫卫生是愉快的事，但厌恶到这种程度的人，还真是少见。

打扫完卫生后，老师布置了回去以后的家庭作业，就放学了。

这一次，我们收拾好准备回家的时候，间濑老师走过来，对我说：

“谢谢！你帮了我们大忙了！”

被她这么一说，我那要表现得像个好孩子的心理又开始作祟。

“在奶奶好之前，我会一直帮忙打扫卫生的。”

我不由得又脱口而出。

“还有，关于您说的晚饭的事，想拜托您从明天开始。”

明明之前还在犹豫，因为一起打扫了卫生，我也有点起劲儿了。间濑老师说：

“明白了。那我就做准备了。”

她打开手里的一个笔记本，翻开一页，在角落写上“追加配餐”。

下楼梯之后，我跟奶奶说：

“美织真可爱。”

“是的，那孩子很可爱。”

奶奶把头点了又点。

“她多大啊？”

“可能十七岁吧。”

十七岁，比我大四岁。

“那，那个老爷爷呢？”

“松本啊，八十多岁吧。他说过，打完仗那会儿，他十岁。”

八十多岁！难道和奶奶一样，小的时候没能上学？

奶奶告诉我，那个男孩的全名叫作“齐藤和真”。

“和真今年十六岁，是一年级的学生。美织比他高一年级，是二年级。松本是三年级。”

“啊？一个教室里，还分一年级、二年级、三年级？”

太不可思议了！

而且，美织和和真在这里也是谜一样的存在。这两人为什么也在夜校初中呢?

我问奶奶是否知道原因。

“不知道啊，没有问过他们呢。”

奶奶也没给我明确的答复。

不过，可以肯定的是，和战争没有关系。至于其他的理由，我想不外乎是厌学或生病。

青叶步行街的很多店已经关门打烊了。炸鸡店的卷帘门也拉下来了。

“这家店的阿姨给我送了炸鸡肉串呢。”

我拿出阿姨送我的袋子，给奶奶看。

“阿姨说，让我跟奶奶一起吃。”

我们走在步行街上，周围已经没有了行人，静悄悄的。

“幸子，再见！”

在我们身后，有人骑着自行车经过，跟奶奶打着招呼。我这才注意到，好多人都是骑着自行车来上学的。白天的初中，学校数量众多，随处可见，就读的大多是住在附近的孩子，他们走路就能去学校。夜校初中却没有那么多，就像奶奶要坐电车才能去上学一样，很多人都住在附近的镇上，需要坐电车或者骑自行车才能去上学。

等我们到了樱台站，一个工作人员在车站迎接我们，跟我们打招呼：

“你们回来啦！”

他的胸前挂着姓名牌，上面写着“西”。

“我们回来了！”

奶奶回应他。

我突然想到：这个车站，除了奶奶，之前也有其他上夜校初中的人在寂静的夜里经过这里吗？

四、夜航船

第二天早上，我正在教室里收拾书本，朋美跑了过来。

“优菜，昨天的社团活动，你怎么没来呢？”

糟糕……我心想，忘了跟她说社团活动我请假了。我可是答应了跟她一起进管乐团的。

“对不起啊，我忘了告诉你，这段时间我请假了。我奶奶……”

我正要跟她解释，这时候，有人突然从后面抱住了我——是小蕾。

“哇！在说什么？快交代！”

小蕾故意把眉毛挤成一个“八”字。她长着一张可爱的脸，这时候却满不在乎地做着鬼脸。

“昨天，我在羽毛球社团看到了花名册。”

“哦，哦——”

正如小蕾之前说的，她加入了羽毛球社团，那里有她认识的一个高年级学长。

“临时进入社团的人名，是手写在二、三年级人名的下面的，不过，我的名字写的不是‘小蕾’，被写成了‘小雷’。还能有这样的事？世界上会有人用‘雷’这个字当名字吗？那可是‘雷’，‘雷’啊——”

我和朋美都没心没肺地笑了。

“而且，写花名册的就是那位学长。真是双重打击啊！那么大了，连汉字都写不好。”

“那么大了，连汉字都写不好。”

在以前，这句话对我来说会像耳边风一样，不会让我的内心有丝毫波澜，但是今天却刺痛了我。

“没办法啊，小蕾的名字有点不好写。”朋美说。

“我哥哥完全写不好汉字。他是个傻瓜，那家伙——都高中生了，之前连‘车’这个字都写错了，真该从小学开始重新上。”小蕾一边笑，一边说，“那么大了，简单的汉字都写不好，真丢人。”朋美也笑着附和。

听她们这么说，我的头上像被谁重重打了一拳一样。

“啊！不好意思，刚才说了一半。话说回来，优菜为什么没来社团啊？”

朋美把话题扯了回来。

“呃，那个……”

我该怎么说呢？我的脑海里闪过无数个借口。

不知道什么时候起，告诉她们“因为我的奶奶在上初中”

这个念头已经完全消失了。取而代之，我说的是：

“我奶奶生病了，最近一段时间，我必须得送她去医院。”

“啊？这么严重啊。”

“优菜，真不错！”

小蕾摸了摸我的头。

奶奶去夜校初中的事，绝对不能说。

一旦跟她们说了，肯定会问我原因。这样一来，奶奶连小学都没去几天，之前都是只认识平假名这些事，也不得不告诉她们了。

其实告诉她们也没什么，问题是说了之后她们的反应。她们应该不至于说“这么大年纪了还不会写汉字吗？真丢人”之类的话，但可能会说“一直都不写汉字，生活到现在啊？”“真可怜啊”什么的，即使这些话，我也不想听到。

奶奶有多么努力，我比谁都清楚，所以，不管别人说什么都无关紧要。但我也讨厌别人觉得奶奶奇怪，怜悯她什么的。

这时候，我才理解了爸爸为什么要说“最好不要跟外人说”。

从学校回家的路上，下雨了。

在夜校初中吃饭，真的是太明智了。否则在雨里来来去去的，麻烦得很。

等我到了家，奶奶已经准备妥当等着我，看样子是随时能出发了。

“下雨了。奶奶，我们去的路上不会被淋湿吧？”我问。

“就是淋湿一点，我也没大碍的。”奶奶一边说，一边找东西，“应该有雨衣吧。”

这时候我也开始准备。首先，是写作业要用的英语本。这之后……就这样吧，应该也能看书，我把一册文库本[①]放进包里。

等我下楼的时候，奶奶已经穿好雨衣，她说：

“这还是在送你爷爷去医院的时候买的呢。”

这样的话，即使伞稍微歪一点，也不会淋到奶奶了。

雨不是很大，我和奶奶两人要注意脚下，小心不要摔倒，所以我们走得有点慢。

虽然只是跟奶奶一起去学校，但既然是每天都去，那也包括下雨天，看来，也应该考虑到雨天的情况。

那些骑自行车的人，今天怎么去学校呢？我心里暗暗地想。

到了学校，间濑老师已经在等着我们了。

“我在教室里给优菜准备了桌子，所以，你待在教室里也行。”

她在B班的教室里给我放了一张桌子，就在奶奶的座位后面，离门口很近。

间濑老师还跟我说，如果在教室待着难受，也可以去图书

① 文库本的书比单行本价格更便宜，尺寸更小，方便携带。

室自由阅读。她还说：

“去看别的班上课也可以哟。”

“欸？进别的教室也可以吗？”

我忍不住向间濑老师确认。我们学校是禁止进别的班级的。

“嗯，其实，我想的是请你一定要去看看哟。”

我想，间濑老师可能是想让更多的人了解夜校初中吧。

从A班到C班是普通班，学生都是会日语的人。从D班到H班是学日语的班，是为了不会日语的人开设的，以语言学习为中心。

我的脑海里浮现出昨天遇到的那个男孩的脸。倒不是因为他昨天说我“可爱”……嗯，可能还是因为他说我“可爱”吧。对初中一年级的女孩子来说，这就是最高赞誉了。我们班的男孩，是肯定说不出来这句话的。只是这么一句话，就让我控制不住地心跳不已。

那个人，是在哪个班呢？

我这么胡思乱想的时候，有人从后面跟我打招呼。

“晚上好！”

我回头一看，站着的就是那个男孩！我的心跳得更快了。

“晚上好！卡洛斯。哎呀，被淋成这样了啊。”

奶奶坦然地跟卡洛斯打招呼。

“被雨淋了，因为骑自行车了。”

卡洛斯就像洗头一样，用手抹着头发上的水珠。他的头发被淋得湿漉漉的，闪耀着光泽。

他看上去就像雕像一样俊美。

虽然把人看成雕像这种感觉很奇怪，但他的皮肤光滑细腻，一个毛孔都看不见，很容易就让我想起美术室的石膏雕像。他的嘴唇饱满，形状也很好看。

“幸子的……”卡洛斯把手放在门楣上，看着我，“孙……孙……”

“孙女。”

间濑老师替他说。

“啊，孙女，孙女。”

他似乎想起来了。

“名字是？”

他问我。

“优菜。”我告诉他。

卡洛斯马上说：“优菜！好名字。真可爱！”

他大声称赞道。欸？这个人和我想象中不大一样啊。

“优菜啊，在这段时间会暂时来我们这里。拜托了。”

间濑老师用简单易懂的话，耐心地跟卡洛斯解释。

“优菜也进了夜校初中？”

看来，卡洛斯误以为我是转校生了，间濑老师连忙纠正他：

“不是进夜校初中。是在幸子伤好之前，会陪她一起来学校。”

听间濑老师这么解释，卡洛斯点点头。我有点怀疑，以他的日语水平，能懂到什么程度。

“我，H班，来吧。”

卡洛斯朝我眨眼示意，然后，就下了楼梯。

“卡洛斯是菲律宾人，现在在上二年级。”

间濑老师告诉我。

在上课前的班会上，间濑老师再次向班上的同学介绍了我。

“虽然只是幸子的伤恢复之前这么一段短暂的时间，但是还请大家多多关照！”

本来我是坐在为我准备的座位上，听到这儿，我站了起来，向大家低头行礼。这样一来，我竟然有了一点转校生的感觉。美织微微转过身体，看着我低头回礼。松本也稍稍转向我，点了点头。只有和真，连头都没抬一下。不仅如此，他还朝老师说：

“不就是个跟班吗？没必要介绍吧，又没什么关系。”

“和真，大家能聚在一个教室里就是有缘，请和睦相处啊。”

间濑老师告诫道。

“真烦。”

完全是一副冷冰冰的态度。

什么啊？这家伙。

我使劲盯着和真的背。

第一节是国语课。我很好奇，大家年级不一样，怎么上课呢？接下来，只见每个人都拿到了老师的讲义。看大家用铅笔唰唰唰地写了起来，我也从包里拿出英语本，做起作业来。

过了一会儿，我注意到老师在大家的课桌之间来回走动，还小声说着什么。她到了奶奶的课桌旁边，说：

“写得越来越好了。”

老师表扬了奶奶，然后指着讲义说：

“这里是提。”

奶奶连忙拿出橡皮擦了起来。在家也是这样，一旦给奶奶指出哪儿错了，她就很慌张。如果是在讲义上改错，她就使劲用橡皮擦，像要把纸擦破一样。可能在她看来，错误就是可耻的。

可能看出了奶奶的慌张，老师说：

“错了也没关系哟。”

老师轻轻地把手放到奶奶的手上。

“最开始，大家都会犯错误，只要最后能写出正确的字就可以。”

老师的声音沉静温和，奶奶拿橡皮的手停了下来。

“呼——”我长长地出了一口气。不知道从什么时候开始，我屏住了呼吸。

我坐在自己的座位上，从后面看着大家的背影。

奶奶目不转睛地盯着讲义，认真书写着。明显能看出来，她的肩膀和手腕很用力，可能是因为太紧张了。

松本虽然年纪大了，但坐姿很端正，背挺得笔直。

美织写字的时候总爱歪头，所以背也左右摇晃，像是在唱歌。

和真把头埋在讲义里，握着自动铅笔在纸上奋笔疾书。时不时能听到啪叽一声，可能是因为他写得太快，铅笔芯都承受不住折断了。

“做完了！”

和真把讲义举过头顶。老师向他身边走过去。

“真棒啊！”

老师一边说，一边拿过他的讲义。但是，只看了一眼，老师就歪着头，陷入了短暂的沉思，然后说：

“字如果写得更工整一点就好了。这样子，认起来有点难哟。”

估计他的字写得太乱，看不大清楚。

“这样不就行了吗？小事一桩，答案对了不就行了吗？”

和真表示不满。

老师开始批改和真的讲义。就像和真说的那样，几乎都是对的，老师用红笔嗖嗖地画着红圈。

“老师，像我这样的，已经不需要再写这样的讲义了吧，就让我毕业吧。”

和真就像小孩撒娇一样，摇着老师的胳膊。

老师只是笑着，就像没听见一样。

但是，和真却不依不饶。

“事实上，学校之类的，不来也能毕业啊。为什么只有我……”

“不止和真啊，这里不是还有别的学生吗？”

老师一直都笑盈盈的。

“可是……”

和真好像还没说够，老师却打断了他：

“这里错了哟，仔细读一读，再改一下啊。”

说完，老师把讲义还给了他。

真是个奇怪的人，我不由得想。这人如果在我们班会怎样呢？他能交到朋友吗？可能大家都不会靠近他吧。

上课时间是四十分钟。铃响了，第一节课下课了。

“无聊吗？”

奶奶坐在座位上，转过头来问我。

“不无聊，做做作业，正好。”

我说的是事实。如果在家，感觉作业怎么也做不完，今天只花了平时一半的时间就完成了。

“每天等奶奶的时候学习，感觉我的脑子都变好了呢。”我说。

扑哧。

我听到一声不怀好意的笑声。是和真。

“做这种事情，字是不会变好的啦！脑子好不好，生下来就决定了，即使努力也变不好！”

我瞪着和真。

“脑子都变好了”这句话本来我就只是说说而已，为了安慰奶奶，让她别为我操心。这种事，到了一定的年龄，不是自然就能明白吗？

我正想着该说什么来反击和真的时候，旁边响起了一个声音：

“啊？是吗？”

美织迷糊地说。

“努力脑子也不会变好吗？唉，好失望。”她似乎全身都没了力气，声音充满了沮丧，“变不好了。”

和真轻蔑地说：

“脑子笨的家伙，一辈子都是笨蛋！”

这是什么人?!

我气得忍不住站了起来，因为起来得太猛，椅子哐啷一声倒在地上。

我向和真走过去。

“那，你的脑子好吗？”

和真露出吃惊的神情，身子稍微往后退了退。不过，紧接着，他就炫耀似的回击：

“我呀，我的脑子很好，跟你们这些家伙不一样！”

我继续猛地往前走，逼到和真面前。

“我的脑子好还是不好，你怎么知道？”

“我知道啊，你不是幸子老太婆的孙女吗？”

“幸子老太婆？”

我转过头，看着奶奶。奶奶扑哧一声笑出声来。

“幸子老太婆，说的是我吗？”

奶奶咯咯地笑着。

“奶奶！”

我希望她不要笑，而是跟我一起谴责和真。

这时候，从意想不到的地方传来一个声音。

“和真，不是‘幸子老太婆’。在这里，大家都是同学，请称呼‘泽田同学’。”

不知道什么时候，进来了另一位老师。这次是位男老师。

我看了看黑板旁边的课程表，第二节课是数学课。不同的科目会换不同的老师，这也和白天的初中一样。

和真瞟了我一眼，坐了下来。他就像什么事也没发生一样，拿出数学书。看到这一幕，我仍然愤愤不平。好想走到他身后，狠狠踢他一脚。但是，这种事是不能做的。

我鼓着鼻孔，大口吸气，呼气。

要冷静，冷静！优菜！

虽然心里一遍一遍地劝自己，但一看到和真的背影，我还是怒火中烧。可能离开教室走走比较好，那就去图书室吧。

图书室是在B班隔壁的隔壁。我往那儿去的途中，正好遇到间濑老师从对面教师办公室出来。她看见我，问：

“是去别的班吗？”

这么一问，我想起来了。老师说过，希望我去别的班看看。她一副笃定我肯定会去的样子：

“即便关着门，也可以自己打开门，进里面看看哟。大家都不会在意的。”

对啊！去别的班看看。

奶奶跟我说过，除了B班，其他班的学生都是外国人。外国人是怎么学习的呢？他们是用各自的母语学习的吗？

我出教室的时候想的是去图书室，但也不是说目标就固定不变了。也许，看看别的班上课还更好呢。

对！这就去！

首先浮现在我脑海里的，就是卡洛斯的脸。

他跟我说的“来吧”那句话，我还记得清清楚楚。我确定，他说过自己在H班。

我走下楼梯。刚到一楼，就听到一阵欢笑声。离我最近的是D班，虽然这不是卡洛斯的班，但似乎也很欢乐。他们在学些什么呢？我有点好奇。

我打算先把门轻轻开一个小缝，从缝隙里看看，但刚把手放到门把手上，就发出巨大的咔嗒声，教室里的笑声戛然而止。

完了！我紧张得身体都僵硬了。

正当我打算溜走的时候，里面有人说：

“请进！”

这声“请进”是说给我听的吗？我犹豫不决。这时候，又听到里面有人说：

“进来吧，没事的哟！”

里面的人又一次邀请我。这样一来，我再悄悄溜走就不好了。

豁出去了。我打开了教室门，大家的目光一下子集中到我身上。

啊！怎么办？

我慌了。不过，尴尬只有短短的一瞬。大家很快就把目光从我身上移走，再次专注地看黑板去了。我这才放松下来，安心地站在教室后面看他们上课。像这样站在教室后面看别人上课，我还是头一次。感觉有点像家长会上站在后面观摩我们上课的妈妈。

D班一共六个人，正在学习日语。两个男学生，四个女学生，只有一个男孩是金发碧眼，其余的外表看上去和日本人没什么两样。其中有两名女学生，年龄似乎和奶奶不相上下。

“大——小——”

“大——小——”

大家大声跟着老师念。

“‘小’这个字，大家明白吗？”

老师给大家展示了一个小粉笔头，示意这个很“小”。大家点了点头。

“还有什么小的东西吗？”

老师来回看着教室里的学生。有个女学生站了起来。

“我，小。”

她把手掌放在自己头上。

“小？什么呢？个子吗？”老师问。

她点了点头。

“是啊。个子是可以说‘小’。不过，个子还有一个说法：个子‘矮’。相反的说法是个子‘高’。”

老师让金发男孩站起来。他个子很高。老师站到他旁边，说：

“个子高。个子矮。”

老师交替指着男孩和自己。大家都会意地点了点头，有人在笔记本上记着什么。

这时候，又有一个女学生指着自己的鼻子说：

“鼻子矮。”

然后她指着金发男孩的鼻子说：

“鼻子高。”

听她这么说，大家都笑了。

“小张的鼻子矮，我的更矮。”

老师按着自己的鼻梁说，教室里又响起一阵欢笑声。

之后，他们继续学着诸如“宽窄”“早晚”之类的词。让我吃惊的是，每个人都很投入。老师教新知识时，有人认真做笔记，有人立马举手问不懂的地方。他们谁都没有在意我的存在。

这里的氛围和白天的学校截然不同。在我们学校，其他班的情况我不是很了解，至少在我们班，大家的注意力都集中在一件事上，这样的时候很少。上课时，有人传小纸条，有人悄悄拿出手机玩。我也会时不时地走神，经常就不知道老师讲到哪一页了。

可能D班是个认真学习的班级，正好班上都是爱学习的学生吧。还是说，其他班也一样呢？

我蹑手蹑脚地出了教室。

接下来，我打算去卡洛斯他们班。

这次，我想尽量悄悄地打开门，但是，还是发出了声音。我用一只眼睛从缝隙往里看，里面的学生们谁也没看这边。

也许，大家都不会注意的。我悄悄打开门，溜了进去。进了教室，只有靠近门的人看了我一眼，其他的人还是专注地看着前面。大家也都在专心上课，一个男同学正在念自己的讲义。

“我在电车里，让了座。”

“给谁让了座呢？”

老师是一位男教师，他问道。

“一位老爷爷。”

“那，可以改成：‘我在电车里，给一位老爷爷……’”老师说。

“让了座。”

有个坐着的女生补充道。

“嗯，不错。”

“Good job！”

有人大声说，是卡洛斯。

这个班一共有八个人，都是看上去二十岁左右的年轻人。而且，全都只看相貌就知道是外国人。

这个班学的日语好像比刚才的班更难，黑板上写着：“谁？在哪里？干什么？”

有同学发言的时候，大家要么把句子补充完整，要么换一个说法。而且都不举手，就是自由发言。但是，没人开玩笑，或者乱说话。

夜校初中在我心里的印象不知不觉地发生了变化。刚听奶奶说起那会儿，我感觉这里肯定人很少，会给人一种萧条寂寞的感觉。但事实上并不是，这里的氛围比白天的初中更加阳光活泼，弥漫着自由的空气。虽然我还没有去过大学，但感觉大学的氛围也许就是这样的吧。

这样的氛围真好啊！

正当我感慨的时候，铃响了。大家都陆续站了起来。

“优菜，你来了，欢迎啊！”

卡洛斯笑着走到我身边。原来，他注意到我来了。

“吃饭，优菜，一起去吧！”

卡洛斯指指走廊。

“吃饭是在二楼。”

在卡洛斯旁边，还有一个眉毛浓密、五官立体的男孩。

“安德鲁。”

卡洛斯向我介绍道。

“安德鲁也是菲律宾人吗？”我问。

他们告诉我，他是巴西人。

我装着懂了的样子，点了点头。其实，我连巴西在哪儿都不知道，打算之后去查查地图。

食堂有白天初中的两个教室那么大，摆着长条桌。饭菜盛在餐盘里，已经准备完毕，放在桌子上了。奶奶坐在离走廊最近的桌子边，旁边是美织。

我不知道座位是不是固定的，坐哪里好呢？正当我迷茫的时候，有人喊：

“优菜，这里，这里！”

卡洛斯朝我挥着手。本来我心里还在犹豫，是不是就近坐就好。这时候，H班的其他人也远远地招呼我。我看了看奶奶，她笑着点了点头，意思是跟他们坐一起就好。

“请！”

卡洛斯很绅士地为我拉开椅子。这样的情形，我只在电视剧或者电影里见过。我还是头一次被这么对待，突然感觉自己已经是个成熟的女孩子了。

我坐下的时候，旁边已经坐了一个H班的女学生，她的名字叫阿底提。阿底提凑到我耳朵边，悄悄说：

“卡洛斯啊，跟谁都是油嘴滑舌的。”

说完她就笑了。在阿底提凑近我的时候，我闻到一股芳香。她长着一双大大的眼睛，眼珠黑漆漆的，像什么呢？想起来了，像我在物理课上见到的黑曜石。她是印度人吗？她的脸那么小，五官却生动立体。

我问她是哪个国家的人。

“尼泊尔。”她告诉我。

尼泊尔在哪里，我仍然是一片茫然，之后再查吧。

晚餐的菜单写的是蛋包饭、沙拉和汤，甜点是果冻。

在我的初中，吃饭前大家要齐声说“开动了”，然后才开始吃。夜校初中却不是这样。大家只要坐下，立刻就开始吃饭。卡洛斯也开始吃饭了。

“卡洛斯同学……”

我跟他说话，他说：

“叫我卡洛斯就行，不用加上同学。”

他这么说，我就改了口：

“卡洛斯，你多大啊？”

“十九岁，优菜呢？”

“十三岁。四月份的生日。”

“四月的生日？那我们一样啊。”

卡洛斯做出一副难以置信的表情。看到他这样，旁边坐着的阿底提扑哧一声笑了出来。

“卡洛斯，你的生日哪里是四月，不是七月吗？”

卡洛斯摊开手，耸了耸肩。

什么啊？原来是骗我的啊。真是个油嘴滑舌的人！但是，因为他一直笑呵呵的，我倒也不觉得他是个坏人。

“这儿都有些什么国家的人啊？”

这次我是问卡洛斯和阿底提两人。

卡洛斯稍微想了一下，指着自己，说：

“菲律宾。”

阿底提也指着自己，说：

“尼泊尔。”

接着，巴西、印度、中国、韩国、阿富汗的同学们一个一个自报家门。

“这么多吗？”

比我想象中要多多了。在这么小的一个学校里，竟然有这么多国家的人！

最后，卡洛斯说：

“还有日本人。那边的都是日本人。”

他指了指前面的那桌。

“还有老师们，都给忘了。”

在前面那桌吃饭的，好像就是老师们。谁是老师，谁是学生，乍一看根本分不清。因为老师和学生都是大人，而且和白天的中学不一样，学生们不穿校服。

“优菜，吃饭时间很短，吃快点比较好哟！”

阿底提提醒我。

于是，我赶紧埋头吃饭。这时候，传来了间濑老师的声音：

“各位，请注意一下！”

间濑老师站到黑板前面。大家都一起看向她。

“可能有人已经知道了，我们B班的泽田同学脚受伤了。

所以，她不能一个人来上学，在之后的一段时间，她的孙女会陪她一起来学校。”

说的是我啊！大家也都注意到了，都把目光转向我。

我的心脏怦怦直跳。

“优菜同学——”

老师用手掌示意我站起来。我硬着头皮站了起来。

“这位是泽田优菜。请大家多多关照！”

配合着间濑老师说话的节奏，我低头向大家行礼。

周围响起一片“OK”“明白啦”的应和声。老师再次点头示意，我便如释重负地坐了下来。

即使如此，我的心脏还怦怦跳个不停。好紧张！完全没想到要在这里被介绍给大家。

不过，仔细想想，这样一来，确实方便了很多。以后，即使我在校园里到处闲逛，也不会被当作可疑人员了。

第三节课的时候，我去了图书室。我找了一本地图册，寻找刚才听过的国家的名字：菲律宾、巴西、阿富汗、中国、韩国、尼泊尔、印度。除了中国和韩国，我完全不知道其余的地方在哪儿，所以一个个地找到它们花了一些时间。

从巴西到日本需要多长时间呢？我看了看地图，韩国和日本虽然很近，但是那也是外国啊。

千里迢迢来到这里，在夜校初中学习，会是怎样的一种心情呢？

第三节课下课后，我回到B班，奶奶在等我。

“优菜，一会儿我们要去美术室，你也去给我帮帮忙啊。”

美术室在一楼。我从柜子里拿出美术工具，扶着奶奶下楼梯。

美术室的正中间装饰着一幅巨大的版画，画的是一个寺庙。

“这是毕业作品，三年级学生集体完成的。”

美术老师告诉我。

“那等奶奶到了三年级，也要画这个吗？”

“是的。但每年的主题都不一样。”

奶奶眯起眼睛，凝视着版画。难道，她是在想象三年以后，自己亲手画画的场景吗？三年。在正常初中上学的三年，和夜校初中的三年，感觉是完全不一样的。

美术室的桌子是能坐六个人的大桌子。他们四个人围着一张桌子坐下。桌子中间放着塑料材质的香蕉、苹果之类的水果，灯光照耀下，水果外皮幽幽地泛着光泽。奶奶他们之前已经打完了草稿，今天是上色。

我看了看奶奶画的画。

“别看了。”

奶奶居然有点害羞，说话就像一名女中学生一样。不过，她画得很好，完全出乎我的意料。

“奶奶，你画得真好啊！”我诚挚地夸奖她。

“幸子的画，很有意境嘛。”老师也赞扬道。

奶奶一下子不好意思起来，脸都红了。

“我之前从来没画过画。这些工具，也是这辈子头次用呢。”

我大吃一惊。我从小学就开始画画。不过，不上学的话，确实没机会使用绘画工具。

“上了中学，好多事情都经历了第一次。”奶奶说，“活了七十多年没能做的事，现在能做了。真难得啊。”

松本点着头，似乎对奶奶的话很是感同身受，默默地在表示赞同。

松本的画浓墨重彩，每一处细节都被重重地描出来，画风张力十足。美织的画，有点像漫画或者插画。她用粗笔芯的签字笔描了边，中间再用几种颜色铺满，香蕉是明黄，苹果是深红。

我去看和真的画。

“不许看！”他生硬地说。

不知道他是对画没有信心，还是要对自己的技艺留一手。

虽然我没有看到和真的画，但奶奶、松本、美织三个人的画风格迥异，我已经见识到了。我感觉很有意思：虽然他们观察的是同一个物体，但无论是使用的工具，还是画风，都截然不同。

这时候，窗外响起了猛烈的雨声。我连忙抬头看着窗外，外面已经是漆黑一片。教室里温暖明亮，更衬托得外面的黑暗无边无际。在雨帘的对面，依稀可见附近人家闪烁的灯火。此情此景，让我感觉似乎来到了一个遥远的地方。

突然，我感觉自己正坐在一艘船上。这艘船搭载着很多外国游客，航行在黑暗的大海上。

这艘船就是夜校初中。

大扫除结束的时候，雨居然神奇地停了。

五、幸福的中学生

夜校初中是从“晚上好”开始的。我刚到夜校初中后不久就注意到了，白天的初中是从“早上好”开始一天的学习，这里却是从“晚上好”开始的。

注意到这件事之后，我也开始用“晚上好”跟大家打招呼。在这个过程中，我竟然以自己都吃惊的速度迅速适应了夜校初中的生活。

可是，我并不是那种自来熟、很快就能融入新环境的性格啊。在这里，是怎么做到的呢？也许是因为这里的大部分学生都是外国人吧。这里的大多数人都很友好，也很开朗。

特别是卡洛斯班上的人，大家总是热情地邀请我：“优菜，来我们班哟！”我一到H班，班上唯一的女生阿底提就会喊我“优菜菜”，然后给我一个拥抱。卡洛斯还是油嘴滑舌的，仔细一听，还是净说一些不太靠谱的话，不过，看到他那善意的笑容，我就不怎么在意了。

在B班待着的时候，我跟美织的共同话题最多。美织虽然是个超级慢性子，但平时总是笑盈盈的。不知从什么时候起，我们已经成了自然而然地称呼对方“美织”“优菜”的关系了。松本虽然沉默寡言，但并不是难以接近的人。有时候听到我和美织的对话，他还会微微一笑。

不知道是不是因为夜校初中几乎都是成年人，大家都很温和，而且都热爱学习。

在这些人当中，只有和真是个异类。他的性格非常糟糕，平时总是把“快让我早点毕业吧”挂在嘴边。我还听他说过“只要让我毕业，我就能参加高中毕业认证考试，就能上大学了”。好像只要通过高中毕业认证考试，即使不上高中，也能参加大学入学考试。但是，才刚刚进初中，就想让人家批准他毕业，这不是无理取闹吗？明明还没有上高中，就说什么取得高中毕业资格的话，不是很搞笑吗？难不成，他的目标是跳开高中，直接上大学？

我在夜校初中的时间是这么安排的：做作业或自习的时候就在B班，有时候也去H班；如果有班级在上体育课，我就去加入其中。

“优菜是特殊的人。”大家都这么跟我说。

“优菜不管去哪个班都行。”这好像已经成了默认的事。不管我去哪里，大家都宠着我。吃饭的时候，到处都有人喊我：“来这儿啊，来这儿啊。”

“优菜成人见人爱的吉祥物了。”卡洛斯说，“大家都说，优菜真可爱。”

老师们也对我特殊照顾，可能是因为他们认为：这是个来照顾幸子的好孩子吧。

在白天的初中，我只是一个平凡的孩子，既不特别可爱，学习也一般，没有任何出众的地方。

但是，在夜校初中就不一样了。不管我做什么，大家都说我可爱。没有比这更让人心情愉悦的事了。

另外，夜校初中还有着特别的魅力。那就是，大家可以自由地穿衣服，女生们都化着妆。课间休息时，各个国家的人用自己国家的语言闲聊。身处这种环境，我感觉自己也成了一个很酷的人。

有时候白天在学校，我都不由自主地想着夜校初中的事。

“优菜，这段时间心情不错嘛。”朋美说。

“那个……”

我很想告诉她夜校初中的事，但话到嘴边又咽了回去。我好想好想告诉她，夜校初中是一个多么美好的地方，自己在那儿是如何被特殊对待的。

让我把话咽回去的原因是奶奶的存在。奶奶在上初中这件事，是绝对不能说的。

“对了，上村的事，你知道吗？”

朋美突然跟我说起了上村。

“那孩子，现在好像在上自由学校。”

“自由学校？那是什么啊？”

“我也不是很懂，是个有点像补习班的地方，好像去那儿上学，也能毕业。”

连朋美都不太懂，作为听众的我，自然也听得一头雾水。

“只要去那样的地方，不上学也可以毕业吗？”

“好像是。”

只是去补习班就能毕业，感觉这样做有点投机取巧。

“学校都不来的话，出勤天数什么的，没问题吗？”

我想起来，在电视剧里，经常听到扮演老师的人对学生说：“这样的话，出勤天数就不够了，升不了学哟！”

“可能是吧？都小学毕业了，应该没问题吧？”

朋美有点心不在焉地回答。这时候，一直默默听着的小蕾告诉我说：

“义务教育啊，不管多久不来，都能毕业的。”

“嗯——说是‘为了那孩子的前途着想’。”

小蕾信息的来源，是她一个当老师的表姐。

“是啊，是啊，没见过有孩子毕不了业的。”

朋美点着头，表示了解。

即使不去学校也能毕业，看来之前和真说的话，也不完全都是假的。但是，如果真的是不去学校也能毕业的话，为什么美织和和真没有毕业呢？

在我们学校，很快就要期中测试了。

“考试期间，我替你去送奶奶吧。”

妈妈有点担心我。不过，我立马说：“等着奶奶的时候，我在教室也能学习。”我果断拒绝了。

现在，对我来说，最大的快乐就是去夜校初中了，休息什么的完全不会考虑。

考试前的周六下午，我下楼看到奶奶在厨房的桌子旁练习朗读。

我坐到奶奶面前。

奶奶读的是《力太郎》，一个古老的民间故事。奶奶顺利地读了下来，连一个汉字都没有磕巴。我一直听到最后，忍不住拍起手来。

“读得越来越好了！”我说。

“是吗？”奶奶呵呵地笑了，“因为我练了一遍又一遍啊。”

然后她又说：

“要是开始得再早点，就好了。”

“现在开始也不晚哟！”

我本来想鼓励奶奶的，但她看上去却有点难过。

“在健治还是个孩子的时候……”

健治指的是爸爸。

“他缠着我念书，因为书里都是假名，读我是能读，不过总觉得没信心，怕读得太奇怪。”

“所以，就没给他念吗？”

奶奶点了点头。

“健治上小学，带去学校的东西上要写名字，都是让你爷爷写的。其他孩子大都是妈妈写的，健治问：‘为什么妈妈不给我写？’还大哭了一场。”

奶奶长长地叹了一口气。

“为了隐瞒我不会写字，我总是骗他……”

现在，奶奶这么坦率地说出来，还真是让人意外。

“实际上，我觉得挺难为情的。小时候不去上学那会儿，没想到以后会有好多不方便。等长大了，自己不会读书写字的事，就不愿意让别人知道了。”

爸爸说奶奶不会读书写字这事，如果让别人知道了，她会不好意思。当时我还觉得他说得不对，现在看来，是我错了。

“不过，现在我不觉得难为情了。能让我学习，我真是发自内心地感谢。家里人还支持，我觉得自己真的是全日本最幸福的初中生。”

奶奶挺起了胸膛。

“有点夸张了啊。”我笑了起来。

“不夸张呢。”奶奶坚持道。

我回到自己的房间，打开课本。小学时候的“算数”已经改为“数学”，课本变厚了很多，我一看就犯迷糊。

上初中以后，我从来没觉得学习是件让人愉快的事。到底是为了什么学习？这事我也从来没想过。

我一直以为，去学校上学，是理所当然的，每个人都必须要学习。所以，在这之前，我是无论如何都想不到学习是件如此令人幸福的事。

比起只是去学校上学就心满意足的奶奶，似乎她比我要幸福多了。

六、白天的另一副面孔

“还是上年纪了啊……”

从车站去学校的路上，奶奶一直在唉声叹气。上午，妈妈请了假，带着奶奶去医院复查。奶奶受伤后，已经过了两星期了。要是年轻人，可能早就康复了，但奶奶好像没怎么好转，还离不开拐杖。

奶奶一遍一遍地说：

“总是让优菜照料我，真是过意不去啊……”

“不打紧，不打紧。夜校初中，我喜欢得很。而且，最近我找到了一个学英语的新方法呢。”

“新方法是什么？”

“我找到了一个英语好的人。遇到不懂的，去问他就行。”

所谓英语好的人，就是卡洛斯。

虽然菲律宾人一般说菲律宾语，但学校上课好像用的是英语。

“真好啊，上着学，自然就学会说英语了。”

面对我的羡慕之情，卡洛斯却露出了羞愧的神色，说：

“我只上了小学，所以，我的英语也就那样吧。”

我问他：“那，卡洛斯是上初中的时候来日本的吗？因为你爸爸工作的关系才来的吗？”

“我没有爸爸。我妈妈在日本工作，她说在日本能挣到钱，所以就来了。”

卡洛斯在来日本之前，好像一直被寄养在亲戚家里。

“那，你是来日本后才进的初中吗？”

我以为只要小学毕了业自然就能进初中。但是，卡洛斯却说：

“我的初中，就是这里。”

他只是笑笑，至于具体的情况，他不肯告诉我。

这天，一到学校，我就去了H班。但是，却没在教室里看到卡洛斯的身影。平时这时候，他已经在教室里了啊。

难道他请假了？我回忆着前几天看到他的情形，没看出来他身体有不舒服的样子啊。

第二节课上课之前，我又去看了看，他还是不在。

但是，到了晚饭时间，我去食堂一看，好好坐在那儿的不就是卡洛斯吗？我走到他身边。

“卡洛斯，你迟到了啊。”我打趣他道，“怎么了？睡过头了吗？之前我也迟到过，因为我睡懒觉了。但是，这是白天初中才会有的事啊。”

我说得起劲。这时候，听到卡洛斯用罕见的没精打采的声音说：

“工作太忙了，总是做不完。”

工作？花了好几秒的时间，我的脑子才转到这个词上。

“卡洛斯在工作吗？”

卡洛斯点了点头。

“是在工厂里吗？”

我一问，才知道他在附近镇上的自行车零件厂上班。

“我啊，是第二班的班长呢！”

卡洛斯的语气充满了自豪。

“班长，很厉害的！卡洛斯被选上了。他工作细心，很认真！”

安德鲁告诉我，犹如说自己的事一样骄傲。他们应该是在一个厂工作。平时看上去嘻嘻哈哈的卡洛斯，竟然还有这样的一面，很是让我吃惊。不过，最让我惊讶的是卡洛斯白天在工作这件事。

走出食堂的时候，我问间濑老师：

“这个学校的人很多都是在上班吗？”

“实际上，是的。大家白天都工作，晚上来学校。”

老师跟我解释道。

虽然想一想，来这里的大部分都是成年人，工作本来就是情理之中的事，但之前我从来没想过这一点。我还自然地认为，来学校的人就只是学生而已。间濑老师又说：

“美织同学白天也在工作呢。”

仔细想想，就像我白天去初中上学一样，大家都有白天的身份。这里展示出来的并不是他们的全部。

回到B班教室后，我问美织：“美织，你白天也在上班吗？”

美织一脸“啊，被发现了啊”的表情，有点害羞地告诉我：

“在什锦烧店。”

“真了不起！白天上班，晚上学习。”

这不是客套话，我真是这么想的。

美织说：“没什么了不起的。”

她的脸上泛起两片红晕。

“我觉得，晚上的初中很好。白天的，我不行。我做什么都很慢，大家都催我‘快点快点’，我都不知道该怎么办好。所以，后来我就不去上学了。”

虽然她的语速还像之前一样慢，但说的内容却很沉重。

“那，不去初中也能毕业吗？”

这是从小蕾那儿听来的，我拿来问美织。

“嗯，好像是的。”

“班主任老师告诉了我夜校初中的事：‘美织，你想重过一遍初中生活吗？’所以，这是我重新出发的旅程。”

美织猛地伸开双臂。

“所以，白天我做什锦烧，晚上是初中生。”

我突然发现，和真在看着我们。他好像在听我和美织说话。他似乎想说什么，但最终还是没有开口。

老师虽然告诉我美织在工作，但关于和真，却什么也没说。也许他也在工作吧。他说过“只要让我毕业，我就能参加高中毕业认证考试”，也许他还在哪儿上着什么补习班吧。

即使问他这些问题，他也不会好好回答我，肯定还会说一些让人讨厌的话。所以，还是不要跟他有什么牵扯了。

意想不到的是，很快，在一个奇妙的地方，我就接近了和真的秘密。

那是期中考试的最后一天。这天，我们考了四个小时的试，吃完午饭就放学了。因为放学早，所以我和朋美、小蕾决定去买东西。据说最近在樱台站附近新开了一家杂货店。樱台站附近几乎都是住宅，顶多只有一些卖食品的超市或便利店。所以，开了家杂货店可以说是意义非凡的大事。我们三人商量，即使不买什么，也要去看看。

这个店一共有三层，第一层租借DVD，第二层卖小百货，第三层是书店。小百货店里有好多饰品，时髦的小蕾看得眼睛都冒光了。

“这个耳环超级可爱！”

虽然小蕾还没有耳洞，但已经开始选耳环了。

“小蕾是想打耳洞吗？”朋美问。

“我想暑假去打。”

小蕾宣布了一个惊天动地的计划。

“可以打耳洞吗？会被‘鬼班’训的吧？”

要知道，我们的指导员判老师，即使是小小的耳洞，也逃不过他的法眼。

“打耳洞违反纪律吗？就是打个洞嘛，没关系的吧。”

“可能戴耳环不行，但打耳洞应该是自由的吧。”

所谓的见解不同就是这样。我才知道，这件事还能这么解释。

我特别怕疼，所以完全没有要打耳洞的念头。就在我欣赏着朋美边上的吊坠的时候，忽然瞟见从旁边下来的自动扶梯上有一个熟悉的面孔。

是和真！太意外了，我又睁大眼睛看了看。他是来买书的吗？他怀里抱着一个纸袋子。

和真一点也没注意到我。他专心盯着脚下，走下自动扶梯。看他那匆匆忙忙的样子，难道是后面有人在追他？仔细一看，也没有人追他啊。只见他又急急忙忙地上了自动扶梯，下到一楼去了。

为什么这么着急呢？

在这里看到他，难道是因为他住在附近吗？

夜校初中的学生们，几乎没有走路上学的，大部分都是坐电车、公交车，或者骑自行车去上学。只有和真，是被车送到学校门口的。

虽然我以前没注意，但可能他就住在附近吧，而且他很有可能在樱台初中上过学。

和真已经从自动扶梯下去了，我还怔怔地望着那儿出神。

“怎么了？是看见谁了吗？”朋美问。

“不是……”

我摇了摇头，突然灵机一动。

朋美的哥哥，说不定知道和真的事。

“朋美的哥哥是高中生吧？”

“是的，高中一年级。”

这么说的话，跟和真同级。

“嗯，能不能问问你哥哥，知道一个叫齐藤和真的人吗？”

“没问题……是谁啊？那个什么齐藤和真，帅吗？”

“什么什么？”

小蕾的耳朵尖，加入了我们的谈话。

“只是有点好奇，想了解一下。”

朋美笑嘻嘻地说：“我问问看。”

傍晚，我到了学校，看见和真在看一本杂志，封面上写着“大爆炸”几个字，好像是本跟宇宙大爆炸相关的杂志。说不定他今天买的就是这本呢。我好想跟他说“今天看到你了”，然后看看他是什么反应。但是，我脑子一转，又打消了这个念头。只要跟他搭话，等着我的，绝对是一些难听的话。

说起来，我还从没见过和真跟谁好好说过话呢。课间休息的时候，他要么就是在看杂志，要么就是趴在桌子上。

也许，他这个人就没什么朋友吧。

第一节课是国语课。平时这时候，我已经开始写作业了，不过今天考试了，老师没有留作业。“要不要去图书室呢？”我犹豫着，暂时没有动，呆呆地看着他们上课。

今天学的是汉字的意思。老师说，汉字有各种各样的意思。黑板上写了一个大大的“幸”字。

我猛地想起来，这个字是奶奶的名字啊。

“‘幸’这个字的意思是‘幸福’或者‘幸运’。除了名字以外，大都读作‘kou’，代表‘幸福’‘幸运’。”

老师讲到这儿的时候，奶奶轻轻举起了手：

“真的吗？我的名字是这个意思吗？”

“幸子的名字？”

老师朝奶奶这边侧过头。

“我的名字含有这样的意思吗？”

奶奶就像遇到了不可思议的事一样紧盯着黑板。

“是的，幸子的名字含有‘幸福’的意思。父母肯定希望您以后能幸福，才给您取了这个名字，寄托了他们的美好愿望呢。”

老师说这些话的时候，奶奶的肩膀开始微微颤动。她是在哭吗？

“奶奶，怎么了？”

我站起来，走到奶奶旁边，蹲了下来。我发现奶奶在用手擦眼泪。

“难道您不知道自己名字的意思吗？”

奶奶点了点头。

眼泪就像断了线的珍珠一样，一颗一颗不停地从她眼里流出来。老师静静地看着她。

“原来给我取了这么好的名字啊。我的父母在生我的时候，希望我能幸福呢……”

我从包里拿出手帕，递给奶奶。

“其实，以前我还恨过父母。”奶奶说，“因为，只是活下去就要拼尽全力。他们没跟我说过什么温柔的话，也没抱过我。在我印象里，他们从来没有做过什么宠爱我的事情。但是，他们给我取了一个希望我能幸福的名字啊……”

“名字是父母送给孩子的第一份礼物。每个人的名字，都饱含着父母的爱呢。”老师说道，同时看了看松本。

“松本同学的名字是太一。”

然后老师转身在黑板上并排写下“太”和“一”两个字。

“‘太’的意思是‘富裕’‘宽大’。”

“好像是希望我变成有钱人，才选了‘太’这个字。”

松本低声说。

“是吗？松本同学是长子吗？”老师问。

松本默默地点了点头。

“好厉害！老师就像侦探一样！”

美织兴奋地说。

“就这？谁都知道啊。”

和真从鼻子里发出一声轻蔑的冷笑。

“老师，那我呢？”

美织丝毫没在意和真的嘲笑，热切地问。

“‘美’我知道，是‘漂亮’的意思。”

“是的。”

“‘织’呢？”

老师在黑板上写下“织”这个字。

“这个字是绞丝旁，所以跟‘纺织’相关。意思就是‘用工具织布’。”

“织布？”

“嗯，你知道仙鹤报恩的故事吗？”

“啊！我知道！”

美织就像孩子一样兴奋。

“美丽地编织，或者是被编织得很美丽的布匹，可能是这个意思吧。”

“无聊透顶，没什么意义。”

和真轻蔑地说。听他这么一说，美织的脸色一下子阴沉下来。

“不是这样的。‘编织’这个词经常被用来比喻人生。人生的际遇，犹如经线和纬线相交。所以啊，我认为美织同学的名字，包含着希望她拥有美好人生的愿望。”

美织的表情又明朗起来。她真是一个单纯的女孩。

“和真同学的名字是‘和’和‘真’。”

老师又在黑板上加上了‘和’和‘真’两个字。

“‘和’的意思是‘平和’，有‘心境平和’或者‘和周围人和睦相处’的意思。”

我差点忍不住笑出声来。

本人可是跟名字毫不沾边。可能他自己也意识到了，紧紧地咬着嘴唇。

“‘真’的意思是‘真实’。真是一个好名字！”

然后，老师在黑板上写上“优”和“菜”两个字。

“啊？是指我吗？”

我惊讶地问。

“你知道你名字的意思吗？”老师问我。

我回答道：

“‘优’的意思是‘美好’。‘菜’是指春天刚长出来的‘开花的菜’。”

老师笑着点了点头。

“老师，这两个字可以写得更大一点吗？”奶奶突然说，“笔顺也麻烦您再讲一下啊。我想记住孙女的名字。”

奶奶回头看我，说：

“好早以前，奶奶就想写优菜的名字了。”

于是，老师在黑板上仔细地写了更大的“优”和“菜”两个字，写完还伸出手指，不厌其烦地描着笔画顺序。

除了奶奶，松本和美织也在讲义上开始重复写“优菜”两个字。看到这番情景，我都感觉有点难为情了。

那天，在我们回家的路上，奶奶一遍又一遍地说：

“真好啊！来上学真值得。”

“父母希望我幸福，知道这个，我就满足了。”

“优菜的名字，我终于能用汉字写了。”

奶奶甚至说了这么一句奇怪的话：“以后叫优菜的时候，我就能用汉字叫了。”

“叫人还分汉字和假名吗？”我笑道。

“分啊，之前我喊你的时候，脑子里浮现出来的是假名。以后再喊你，脑子里就是汉字了。”

奶奶说的话，我大概能理解。我在喊“小蕾”的时候，脑子里浮现出来的是平假名；喊“朋美”的时候，脑子里浮现出来的是片假名。也许，变成声音的语言也是伴随着文字的吧。

在这之前，如果教教奶奶怎么写我的名字就好了，我在心里暗暗地想。但是在以前，我从来没有认真想过这些事。

奶奶觉得并没有被自己的父母爱着，这我还是头一次知道。

仔细想想，也许其实我并不怎么真正了解我的奶奶。

她不认识字，仅仅几个月前我才知道；去不去上学，她犹豫了三年，我竟然一点也没察觉；奶奶竟然是能这么用功学习的人，我也是直到最近才发现。

虽然我们一直生活在一起，我却对奶奶如此不了解。

我只是看到了眼前的东西，对于看不见的隐秘的那部分，完全没有往心里去。

“这些汉字啊，如果您忘了，就来问我。不管问多少次，我都写给您。”

我紧紧握住了奶奶的手。

七、齐藤和真

“我知道齐藤和真的事了。”

朋美拉着我的手，躲到教室一个人少的角落。

“他跟我哥哥同级。”

“真的吗？”

我屏住了呼吸。

“五年级的时候，他们还是同班同学呢，据说那时候，整整一个学期，他都没来学校。”

“是厌学吗？”

果然是……这个念头闪过我的脑海。

“原因是……”

好像有点难以启齿似的，朋美压低了声音。

“好像是被人欺负了。”

被欺负了？听她这么说，我的脊背有点发凉。

“哥哥没说太清楚，可能他本身就有点招人讨厌。他好像有点把班上的人当傻子。”

这个……我能想象出来。

朋美说，班里有一个“带头大哥”一样的孩子，带着大家，要么把他的鞋藏起来，要么把他锁在厕所里。虽然和真告诉了班主任老师，但是班里的人好像达成了共识：“那家伙就活该被欺负。”老师也当着大家的面说：“被欺负的人也有责任。”这样一来，他还是继续被欺负，五年级第一学期结束的时候，和真就不来上学了。就连小学的毕业典礼，他都没参加。

“那初中呢？”

“哥哥只说，初中一开始就没来过。说起来，有两三年都没看到他，可能转学去别的地方了吧。”

大家甚至都不记得他了。

和真这个人已经被大家遗忘了。

有点过分了。

被他们欺负到不能去上学，还被忘得一干二净。虽然和真是那种即使说客套话都不能讨喜的人，但是我还是觉得他挺可怜的。

“如果你想知道齐藤和真的事，可以去问问老师哟。”

朋美在说什么，开始我还不大明白。

“我们的班主任，教过齐藤和真那一级，是不是也当他的班主任倒不知道。”

“啊，小志老师吗？”

“嗯，去年他教三年级，今年才来教一年级的。”

我终于理解她的意思了。小志老师去年是初三的班主任，也许他真知道点什么。

看我点了点头，朋美好奇地问：

“你为什么问齐藤和真的事呢？”

我愣住了。在这之前，为了以防万一，我已经提前准备好了答案。

“是其他人问了一下，没事，没什么要紧的。”

也不知道这种理由管不管用。不过，对一个厌学的男孩，显然朋美没什么兴趣。她只说了句“哦——这样啊”就算了。

“喂！又是在这儿，谁放了包?！”

我听到小蕾在大声喊。一看，小蕾站在上村的座位旁边，手里还拿着一个包。

“这是饭尾的包吗？放到自己柜子里去吧！”

“有什么要紧的，反正也是空着。”

被指名道姓责备的饭尾，一边嘟嘟哝哝地说着，一边拿走了包。

最近，上村的座位已经快成置物台了。虽然老师有时候看到了会提醒一下，但经常是一直到放学，东西都那么放着。

每次小蕾看到都会发火。

“你连见都没见过上村。”

饭尾也是樱台小学毕业的，他嘲笑道。

“虽然没见过……但是，跟这有关系吗？”

“是啊！”

“不能在别人的桌子上放东西。”

见我和朋美为小蕾壮声势，饭尾虽然一脸不满，但还是说：

“好吧，好吧。”

他一边把包收到柜子里，一边还在嘟囔：

“这张桌子，收起来就行吧。”

上村开学后一次都没来过学校，在教室里给他放张桌子确实有点碍事。打扫卫生的时候，必须有人帮忙搬开；分组学习或者吃午饭的时候，得有人给他的桌子挪个方向。

“如果他去了特训学校，可能收起来也没事吧。”朋美说。

小蕾立马问：

“是吗？是补习班吗？不会是转校了吧？”

但是，朋美自己也不是很清楚。

“那，万一他来了学校，发现没有桌子怎么办呢？”

小蕾说得有道理。

奶奶说过，在她小时候，偶尔去学校，却发现没有自己的位置，这是她最讨厌的事情。

如果上村一直不来学校，他的课桌也被收起来，大家估计都会忘了班上还有上村这么一个人。和真还去过学校，都被忘了。

“即使不去特训学校，也能毕业吧。所以啊，那样的地方，不去也罢。”

朋美又补充说，要是自己的话，肯定是不去的。听她这么说，小蕾看上去有点郁闷。

“一直在家待着多无聊啊，也没有朋友。”小蕾说。

“但是，去了特训学校，也不一定就能交到朋友啊。”

小蕾看着我，说：“是这样吗？”

“我也不知道。”

特训学校有多少人，我不知道，但是，我也感觉那不是一个能交到朋友的地方。

“为什么要去那样的地方呢？”朋美似乎不大能理解，“明明已经休学了，还要去特训学校。”

“怎么说呢，可能是寻找一种类似学校的感觉吧？”

这是小蕾的观点。

“可能是吧。”

朋美似乎还是不能完全接受。

在上村休学之前，我话都没跟他说过几句，只有一点模糊的印象：似乎是个认真的孩子。他不来上学的原因，我也全然不了解，应该不是被欺负了。只是，就像夜校初中的同学们一样，每个人都有不能去正常初中上学的理由，上村可能也有只有他自己才知道的缘由吧。

这么一来，我又想起了夜校初中的同学们。

“也许，他还是想继续学习吧。”

我不知不觉说漏了嘴。

“想学习？”

朋美看了看我，一脸不可思议的表情。

“想学习的人，世界上还有吗？”

“优菜可真认真！”

小蕾和朋美都笑了。

“是的，太较真了，优菜。”

想学习的人，是有的！我差点就脱口而出。

夜校初中的人，都是想学习，才去那儿的。但是……

我的脑子里浮现出和真的面孔。

和真为什么去那儿呢？

如果像小蕾说的，不让毕业这样的事，应该是不存在的。美织说自己想有一次“重新出发的旅程”。毕业，还是不毕业，这应该是能自己决定的吧。所以，和真会不会是故意不毕业的呢？他平时总把“快让我毕业吧”挂在嘴边，会不会只是一种假象呢？也许，他来夜校初中，还有什么其他的目的？

放学前的班会结束后，我跟在小志老师后面出了教室。在教师办公室的走廊里，我叫住了他。

“老师，我有点事想问问您。”

小志老师停下脚步，转身看着我。

“那个……您知道齐藤和真吗？”

“齐藤和真？”

老师用一副诧异的神情看着我。

“我知道。他去年是我班上的学生。”

小志老师还是他的班主任！

“和真怎么了？”

被问的人，反而成了提问的人。

“你怎么会知道和真呢？”

“在学校……”

“学校？”

老师这么问我，我只有跟他坦白了。我跟着奶奶去夜校初中，在那里遇到了和真，这些事，我都告诉了他。

“初中，就算一天都不去，也能毕业吧？因为考虑到那人的前途。但是，为什么不让和真毕业呢？”

我再次问老师，但是，老师就像在自言自语一样：

“是吗？原来和真去上了夜校初中啊……”

“是的，那他为什么初中没能毕业呢？”

“和真还好吗？”

老师就像没听见我的问题一样。

“他很好。但招人讨厌。”

“是吗？”

“那，他为什么不能毕业呢？”

“他每天都去吗？”

“每天都去。但态度恶劣。”

“是吗？”

老师看上去很高兴。

“老师，我的问题……”

“谢谢你告诉我这么好的消息！”

老师啪啪地拍了拍我的肩膀，然后什么也没回答，就满面笑容地离开了。

什……什么啊！这老师……

之前朋美就说过："小志老师是不会听别人说话的。"说的就是这样吧。原来如此。

结果，和真为什么要上夜校初中，我还是没问出来。

八、爆发

这天，我到夜校初中的时候，和真还是在座位上看昨天的杂志。

和真虽然跟谁的关系都不好，但课却一天都没缺席。至少，我来了以后每次他都在。也许，这里没有欺负他的那些家伙，所以，他能在这里好好上学吧。

我想着这些事，不知不觉中一直在盯着和真看。

“不许看！”

他瞪了我一眼。

“没看你。”

“刚才都在看吧！”

我心想，的确是在看。突然，我灵机一动：“不是看你，是看那本杂志。”

我本想这么遮掩过去。

“这是昨天买的吗？”我是不打算继续说的，但说着说着又说漏了嘴，“可能你没注意到，我也在那家店里。”

这在我看来不过是一句无关紧要的话，但和真却一下满脸通红，脸上就像要喷出火来。

他猛地把那本杂志扔到地板上。

“我本来就不想去！我妈非要让我自己去买！没办法……没办法……”

我眼见着他的身体都开始发抖。

他为什么一下这么激动？我愣住了。是我说了什么过分的话吗？

在我不知所措的时候，老师进了教室。和真朝前面坐着，脸还是涨得通红。

“给你。”

美织捡起地板上的杂志，递给和真。和真默默地拿过去，塞进课桌肚里。他的肩膀还在不停地起伏。

刚才我们的对话哪里出了问题呢？我好像什么时候突然踩到了地雷。我是不想跟他吵架的，到底是哪句话惹恼了他，我怎么也记不起来了。

“今天，我们来搜集单人旁的字吧！”

国语课开始了。老师说完之后，大家就开始在讲义上写单人旁的字。和真也在写。我松了一口气，看样子，他冷静下来了。

奶奶说：“我只想起来两个。”

“那请上台来，把这两个字写出来吧！”

被老师点到，奶奶走上讲台，在黑板上写下了“何”和“佛”两个字。

我心里暗暗赞叹。我想起来前段时间，奶奶才学会了用汉字写自己的名字，真是进步不小。

下一个上去的是美织。她写了“付”“仁”“仕”“作”“代”。

之后，黑板空着的地方被分成了两半，由和真和松本同时来写。

“佳”“佐”“仲”“化”“假”“价”“伸”“任”“体”“低”……两人一个接一个地写着。

“他们都好棒啊！”美织赞叹道。

奶奶则拼命地把黑板上的字抄到笔记本上。

在写了二十多个字以后，和真的速度慢了下来。只见他时而歪头，时而拍着脑袋，后来，他的手终于还是停下来了。

松本的字苍劲有力，他还在不停地写着。“佃”“侘”“伽”“侑”“俟”……这些字我连读都不会读。

松本还在继续写着。和真满脸都写着不服气。在松本写到“侃”的时候，和真大声嚷嚷了起来：“哪里有这样的字啊？”

随后和真又说：“老头子，太狡猾了，差不多就得了。”

松本的手停下了一瞬，随即继续写下了“侠”“佚”。和真焦躁地喊着：

“这些就不是字，见都没见过！”

“是有的哟。”

间濑老师打开词典，递给他。但是，和真压根连看都不看一眼。

肯定是看到松本比他写得多，他不乐意了。这样的事，本来其实是无所谓的。

“真狡猾，净写一些奇奇怪怪的字。”

“和真，别这样！”

老师试图阻拦和真，但根本就没用。

“老头子，真狡猾！”

和真的眼睛都充血了。

“这样的字，写了有什么用？”

“说的什么啊。”

和真惊叫道：“你在耍我！”

“没有。”

“住口，和真！”

和真、松本、老师的声音混在一起，美织伸出两只手捂住了耳朵。

和真吼道：“一个老头子来上什么学！”

“别太过分了！”我站了起来，“就是因为你这样，才会被欺负！”

教室里瞬间安静下来。本来满脸涨得通红的和真，脸一下变得煞白。

完了！

我猛地捂住了嘴巴。但是，已经说出去的话，就再也收不回来了。

刚才还气焰十足的和真，不可思议地安静下来。他像一个泄了气的皮球一样瘫坐到椅子上，趴在课桌上。

“和真同学。”

老师轻轻地喊他，但他还是弓着背，紧紧地趴着。

奶奶、松本、美织都沉默不语。

怎么办？我做了无法挽回的事。

“去保健室稍微休息一下吧。”

老师去拉和真的胳膊。被老师这么一拉，和真木木地站起来，随着老师走出了教室。他的头还深深地埋着。

等他们一出去，教室里就喧闹起来。

“奶奶，怎么办？”

我带着哭腔问。

奶奶一言不发，什么也没说。

“不是优菜的错，不对的人是和真。”

美织站在我这边。松本抱着胳膊，想着什么。

不一会儿，老师回来了。

“老师，和真呢？”美织问。

“他在保健室休息一会儿。”

“松本同学，对不起。”

老师朝松本低下了头。

“哎呀，老师您不用道歉的。”

虽然松本这么说，但老师还是摇了摇头：“不是的，和真今天有点反常，我还用这种太有竞争性的授课方法，让他受了刺激，是我的错。”

和真的反常，原因在我。当他听说我看见他了以后，状态明显就不对劲了，但我却继续对他穷追猛打。

“老师，是我——”

我刚一开口，老师就说：

“优菜，下课后，请去图书室一趟吧。”

下课铃响后，我去了图书室。

隔着桌子，老师看着我的脸。

“对不起！”

我不能正视老师的脸。

“优菜，请听好了。”老师用平静的声音说，“你也知道，来夜校初中的人很多。他们都是因为这样或者那样的原因不能拥有正常初中生活的人。虽然原因各不相同，但其中有些人，心里有着不能跟别人说的伤疤。他们虽然背负着伤痛，但还愿意重新出发。所以，我不希望你做一些揭露别人伤疤的事情。”

“是……”

我的声音低得快消失了。自觉羞愧万分，我恨不得找个地缝钻进去。

“我不知道你对和真的事情了解到什么程度。但是，只要是因为这个伤害到了他，你就不能再来这里了。”

咚！咚！我的心脏猛烈地跳动着。

“这里是以和真为重的地方，保护他，是我的工作。”

老师干脆地说。

我心里明白，这件事，不可能说几句“对不起，我再也不会这样了”之类轻飘飘的话，就能被原谅。

出了图书室，奶奶和美织在走廊等我。不知道为什么，连卡洛斯都来了。

“老师说什么了？”

奶奶担心地问。

“老师说，让我不要再来这儿了。”

“啊？”

奶奶和美织同时惊呼道。

“奶奶，对不起。这样的话，奶奶您也不能来上学了。”

我不能来这儿，意味着奶奶也不能来了。

但是，听了这个，奶奶却什么也没说。

“你该说对不起的人，不是我啊。”

我这才反应过来。是啊，我必须跟和真道歉。

“去跟他说对不起吧！”卡洛斯说，“他一定会原谅你的。”

由他领头，我们一行人去了保健室。

和真躺在床上，从头到脚都蒙着被子，他蜷缩在里面。我慢慢靠近床边。

“那，那个……”

在我出声的时候，被子猛地抖了一下。

“对不起！”

为了让他听到，我尽量往他身边蹭了蹭。

“我说得太过分了，对不起！”

“让和真想起了不愉快的事，对不起了！”

奶奶也跟我一起道歉。

“为什么……”

被子里传出这样的声音。

可能他是问，他被欺负的事情，我是怎么知道的吧？

“我有一个朋友，她的哥哥是和真……的同级生。我听了这些事，觉得欺负你的那些家伙太过分了。如果是我，被那么对待，也许也会不去上学的。”

这时候，和真喊道：

“不是的！我不是因为被欺负才不去上学的。是我抛弃了他们。班主任、班上的人，那些家伙都是垃圾，所以我才抛弃了他们！”

我一下子不知道说什么才好。

“已经没有必要去学校了。但是……”

和真的呼吸急促起来，隔着被子都能看出来。

“因为妈妈哭……”

因为妈妈哭……

奶奶拄着拐杖，走到床边，朝被子伸出手。

“所以，就来了这里吧。”

奶奶隔着被子，轻轻地抚摸着和真。

“真是个好孩子，是好孩子。”

她一边一遍又一遍地重复着“好孩子”，一边轻轻地抚摸着被子。

和真压抑着的哭声，一阵阵从被子中传出来。

我真是个傻瓜。

我都做了些什么啊！我为什么要通过朋美去调查这些，还去问小志老师。

和真为什么不能毕业，我有知道的必要吗？就是因为好奇，调查这调查那，到底想知道什么呢？挖出和真的伤疤，又想怎么样呢？

我真是的，什么都不懂。

间濑老师说得对。不管是和真、奶奶，还是美织，也许，连卡洛斯和阿底提他们都有自己的伤心事。

夜校初中里全都是快乐的事，大家都阳光开朗，和睦友好……我才发现，自己知道的只是眼睛看到的、表面的那些东西。

我真是个傻瓜，一个真正的傻瓜。

后来，和真那天再也没有来教室。他妈妈来了学校，直接把他从保健室接回去了。

“老师，对不起！”

我向老师深深地低下了头。对美织，我也说：

“从明天起我就不来了，对不起。”

“给大家添麻烦了。在脚好之前，我就先在家休息了。”

奶奶也朝老师、松本、美织低头道歉。

这天回去的路上，我和奶奶一路都默默无言。以这样的方式结束，是我无论如何都没料到的。

上了电车，像往常一样，我让奶奶坐下，我站在她前面。玻璃窗映出我的脸，是一张让人讨厌的脸。我感觉，自己就像新闻里出现的犯人。

“就是因为你这样，才会被欺负！”我想起我说这句话时和真的脸，那是一张一下子就变得毫无血色、苍白的脸。

我伤害了他。

自己讨厌被别人伤害，是理所当然的。但是，自己伤害别人的时候，却是一种无所谓的态度。我的嘴里发苦，头也像被针刺一样疼。

如果时间能够倒流，我好希望能回到伤害和真之前。

还有，怎么跟爸爸妈妈说呢？正当我万分苦恼的时候，奶奶说：

“我跟他们解释。孩子之间吵个架什么的，是常有的事。”

我明白，这件事不是这么避重就轻就能说过去的。但是，我也知道，奶奶可能会故意选择这种解释方法。

到了家，我立马就上楼，回了自己的房间。在房间里，奶奶说话的声音一阵阵地传来，虽然听得不是特别清楚，但她说的一些“吵架”“没办法”之类的词语，还是能听见的。

我躺在床上，满脑子还是有关和真的事情。

他是那样可怜地蜷缩在被子里哭。也许，在他被欺负了以后，在家里逃避了好几年，才再次走出来，接触外面的世界。毫无疑问，这需要巨大的勇气。虽然我没有亲眼见到，但可以想象出来他刚来上学的时候那副战战兢兢、如履薄冰、艰难地踏出第一步的样子。

我的行为，就像把他猛地推下了冰湖。

如果他不再来上学了，怎么办？如果这次他再深深地沉入冰湖里，我该怎么办？

九、吵架之后

“优菜，眼睛怎么肿了啊？脸都变形了。”

早上看到朋美的时候，她对我说。

“昨晚没睡吗？难道是……”

我摇了摇头。感觉脑袋昏昏沉沉的。早上，看到镜子里自己的样子，我都吓了一跳，连忙冷敷了一下，但似乎也没什么用。

“从今天开始，我去参加社团活动。”我跟她说。

“太好了！”朋美欢喜地拍起手来。

我必须要转换一下心情了。烦恼的时候，什么事都做不好。

首先，从今天开始，我要认真参加社团活动，好好和朋美、小蕾相处，把夜校初中的事从脑子里删掉。

虽然现在我的胸口还像压着一块大石头一样沉重，但只要把精力集中到眼前的事上，也许慢慢就会好吧。

期中测试结束了，教室里的气氛稍微活跃了一些。大家都有种终于告一段落的轻松感。刚上初中的时候，我还不懂学习方法，只是感觉到学习压力变大了。考完试之后，有种跨越了初中生活第一个障碍的放松感。

但是，我还没放松多久，就听老师说：

“下面，我来发大家期待已久的考试结果。”

老师开始分发按年级成绩排名的表单，他看上去似乎心情还不错。

我们年级二百二十九人当中，我排第三十五名。这个成绩比我预想中好得多。也许是在等着奶奶的时候，自己做作业、预习起了作用。

“完了！必须去上补习班了！”

后面的小蕾发出一声哀嚎。

之前她说过：“如果成绩不好，就去上补习班。”

夜校初中的话，大概不会按年级来排名吧。因为学的东西不一样，没法比较。

我突然意识到，自己又在想夜校初中的事了。“别想了，别想了。”我就像念咒语一样，在心里默默地重复着。

放学后，我去了久未露面的管乐团。临时期已经过了，新成员们已经选好了要学的乐器。我想学的小号已经满员了。

老师想了想，说：

“要不你试试中音号吧。”

说完，老师递给我一个蜗牛形状的乐器。

虽然我也不是不喜欢中音号，但看到朋美自豪地吹着小号，我还是羡慕不已，很是后悔自己来晚了。

不过，只要开始学，也许慢慢就能体会到其中的乐趣。社团的前辈还鼓励我：

“嗯，挺像样的嘛。”

渐渐地，我本来沉重的心情，似乎也好点了。

社团活动结束后，我和朋美一起向校门走去。

“优——菜——小——朋——”

伴随着清脆的喊声，小蕾朝我们跑过来。

“咚——咚——”她嘴里一边说，一边做出撞向我们的样子。

“今天，我跟学长说话了。”她兴高采烈地向我们汇报。

朋美问：“不是已经算了吗，之前的那个学长？”

“现在是，高梨学长！”小蕾兴奋地回答。

我完全不知道，从什么时候起，她崇拜的学长已经换了一个人。

“总之，如果没有崇拜的人，那每天还有什么意思。”

按小蕾的说法，“崇拜的人”是美好初中生活的必需品。

“管乐团里有帅哥吗？”小蕾问。

听她这么一问，我和朋美互相看了看。

“没有……吧。”

管乐团大部分都是女生，男生的数量屈指可数。

“什么啊，连个帅哥都没有。”

帅哥啊……我真想让小蕾见一见卡洛斯。如果见了，她一定会欢呼起来吧，卡洛斯长得真的很帅气。

一想起卡洛斯，我又一个一个地想起了美织、松本、和真……我的胸口又开始像针刺一样隐隐作痛。

虽然半个月的时间只是弹指一挥间，但我真的对那段时光无比眷恋。眼睛里，似乎有什么热乎乎的东西要流出来，我连忙晃了晃头。

明明我已经决定了，不再想这些。

白天在学校上课，参加社团活动，和朋友开开玩笑，晚上看看电视，了解第二天同学们聊天的话题，这才是我真正该过的生活。所以，不应该有失落的感觉。

回到家，奶奶像往常一样，自己在学习。

“在家休息期间，可别全都忘了。”

她把昨天记下来的所有单人旁的汉字，每个又重新写了一遍。

“那，我给您做讲义吧。我把小学学过的字，陆续给您写下来，行吗？”

“那样就太好了。”

看到奶奶笑嘻嘻的样子，我又感觉心里哪儿被刺了一下似的。

我瞟了一眼钟，马上六点了。第一节课已经开始了。不知道和真有没有去上学。他没有因为昨天的事不去学校吧？我不在的话，他应该会去吧？

“不知道和真去学校没有。”

看来，奶奶也在跟我想着一样的问题。

越是想忘记，越是在意夜校初中的事啊。

这天，爸爸和妈妈罕见地早早回家了。虽然我不知道昨天奶奶是怎么跟他们说的，但他们好像已经知道了，是因为我和别人起了冲突，所以奶奶暂时不能去学校了。看起来，他们有点担心，所以提前回来了。

妈妈说：“好久都没四个人一起吃晚饭了。”

她急急忙忙地开始烤鱼。自从我跟奶奶不在家吃晚饭之后，家里的晚饭眼见着对付起来。要么是从外面买回来的盒饭、凉拌豆腐之类的，要么是冰箱里的泡菜跟鸡蛋随便炒炒。我好几次从夜校初中回来，看到他们吃饭，对付得简直惊掉我的下巴。

“两个人的话，也不想做饭。”妈妈说。

但是，今天她却大张旗鼓，烤鱼、土豆炖肉、豆腐汤、腌野泽菜的咸菜，净是一些奶奶爱吃的东西。

八点半了。

今天夜校初中吃什么呢？之前，我看到过他们怎么做配餐准备。夜校初中不是配餐值班人员分餐，而是厨师们站在那儿分餐。

准备和收拾也是厨师们负责。而黑板上，一定会写着对每天菜单的说明。

“今天的菜是尼泊尔的家常菜。希望来自尼泊尔的同学，吃了能想起家乡的味道。”“今天的主菜是锡箔纸包的烤青花鱼，青花鱼含有丰富的DHA，有补脑的作用。”……每个汉字上一定会标着读音。啊，支撑着夜校初中的正是这些人吧，我想。

吃完晚饭，奶奶说：

“优菜给我做了讲义呢！”

她拿出我给她做的讲义，自豪地展示给爸爸妈妈看。

“哎呀，已经在学这么难的字了吗？”妈妈惊讶地问。

“啊？难吗？完了，我该写难度适中的。”我说。

“没有，没有，慢慢就能记住了。”奶奶说。

“以后，我也帮您做讲义吧。”

爸爸从冰箱里拿出啤酒，坐到奶奶面前。随着嘭的一声，啤酒泡汩汩地冒出来，爸爸连忙把嘴凑上去舔。

“今天这是怎么了，还挺好心的嘛，爸爸？”

我打趣爸爸。

“我给您做讲义，所以，不是非要去学校学才行啊。”

爸爸又开始说这些话了。

“爸爸，又来了。”

太固执了，真的。

“爸爸，为什么又不让奶奶去学校呢？虽然嘴上说不反对，其实总当拦路虎。”

“你不懂。”

爸爸咕咚喝了一大口啤酒。

“都七十多岁了，还去学这些小学生才学的汉字，不是很悲惨吗？晚上去上学，对老年人来说很危险。我是不想让你奶奶吃苦。如果除了字，还想学其他的，我都可以教，英语也行，理科也没问题。”

爸爸应该还没喝醉，但他一遍遍地重复着：“我来教。”

“谢谢！”

奶奶跟爸爸道谢。

“你的心情我理解，多谢了。但是，我不觉得自己悲惨。”

“妈！”

爸爸在椅子上换了换坐姿。

“是您还在意吗？我小时候说的‘好好给我读一下讲义吧’‘为什么不给我签字’这些话？”

奶奶目瞪口呆地看着爸爸。

“没办法啊，我一点也不知道您不认识字。是我不好。”

类似的话，我之前听奶奶说过。爸爸小时候，在很多需要写字的时候，奶奶都没给他写。

就像奶奶一直记得，自己没有写给他这件事一样，爸爸也一直记得自己责备了她。

“不是的。”

奶奶慢慢摇了摇头。

“我现在就是很想学习。之前一直都是靠优菜的爷爷，现在我想自己学写字。我想自己看贺年卡和信，也想自己写。”

说到贺年卡，我想起来了。好多年前的正月，我看见爷爷和奶奶脸对脸坐在一起看贺年卡。当时我还想，爷爷跟奶奶感情真好啊！现在想来，也许那时候，爷爷就在给奶奶读贺年卡吧。

奶奶拿过一张报纸的广告页，在背面写了几个大字。

“泽田优菜。”

“哇！真棒啊！”

妈妈拍着手称赞。奶奶又在旁边写上“泽田健治”几个字，这是爸爸的名字。

“对不起啊。在你小时候，没有写给你。”

爸爸默默地低下了头。

“我现在觉得很快乐。成为初中生，能上学，我觉得自己挺幸福的。别人怎么想都没关系。我也不觉得自己悲惨。还不如说，更多的是觉得自豪呢。”

奶奶一脸坦然，还夹杂着喜悦。

“而且，我现在已经有了目标。”

“目标？”

奶奶点了点头。

“我想通过三年在学校的学习，取得毕业证书。”

我想起来，奶奶在美术室听到“毕业作品”时的样子。原来，奶奶是打算通过三年的学习，从夜校初中毕业啊。

“老师说了，夜校初中的毕业典礼，很多人的孩子和孙子都会来。等我毕业的时候，你们都会来吧？”

“当然，非常乐意去。”

妈妈立马回答。

“我也要去。”

奶奶盛装毕业的样子，我可是期待得很。

咕咚咕咚，爸爸一口气把剩下的啤酒都喝干了。

“我洗澡去了。”

他站了起来。

“刚刚喝了酒，稍微再等一会儿吧？”

妈妈想拦住他。

“没事。”

爸爸不听，径直朝浴室走去。

“优菜的爸爸也会去毕业典礼的，一定会的。这么看，他其实特别特别爱您。”妈妈笑着对奶奶说。

“真想早点好起来，再去上学啊。”

奶奶一遍一遍地点着头。

仔细一看，已经九点多了。现在，大家应该已经开始大扫除了。

我想起松本一丝不苟擦拭地板的样子，美织扫地总是会漏掉点什么，今天应该会扫干净吧？至于和真，可能还是和平时打扫卫生时一样没精打采吧。

虽然我竭力想忘记，但事实上，大家的身影一个接一个浮现在我脑海里，挥之不去。

只是，却是那样一种告别的方式……我真是，太差劲了。

我记得，电话打来的时候，快到十点了。

“夜校初中的间濑老师的电话。”

妈妈用手捂着听筒，把电话递给奶奶。一听间濑老师的名字，我的心跳加速了。

奶奶本来坐在沙发上看电视，她连忙关掉电视的声音，接过电话听筒。

“是的……是的……”

不知道电话里说了什么，难道是和真家打电话来埋怨我们吗？怎么办？不会让奶奶承担责任，让她退学吧？我屏住呼吸，支起耳朵。

“是吗？哎呀，还专门打电话来，谢谢您了！”

不知道为什么，奶奶的语气还挺激动。

放下电话，奶奶闭上了眼睛。然后，她点着头，笑了起来。

“老师说，和真说了，还是让幸子同学来上学。”

我的脑子里重复着奶奶说的这句话。

“然后呢？”

“跟之前一样，让优菜送我去。”

我还以为自己听错了。

奶奶说，和真的确是这么说的。

“真的吗？真的吗？和真说可以？”

我再一次问奶奶。

“好像是的。”

奶奶也高兴得很。

“太好了。那我就放心了。”

妈妈说：“好嘞！再开一瓶啤酒吧！她爸！再来一瓶啤酒吗？”

妈妈朝卧室喊道。

“太好了，奶奶！”

“嗯嗯。”

奶奶高兴地点着头。

奶奶跟我一样高兴。又能再见到大家了，又能再去夜校初中了！

还是让我送奶奶去，和真这么说，是原谅我了吗？或者是，因为奶奶，勉强容忍了我？

坐在开往夜校初中的电车上，我一直在想。想啊，想啊，也想不出答案。我只知道，自己能做的事很有限。

到了教室，和真已经坐在座位上了。

他注意到我们进来，看着教室门口。

看上去，他似乎和平时没什么两样，只是脸上似乎有一点点赌气的样子。看着他这样的表情，我有点不知道该怎么办好。

我朝他的座位走过去。

“前天的事，对不起了！”

我低下了头，向他道歉。说出去的话，假装从记忆里删除了，我做不到这点。事实上，我伤害了他。但是，我能做的，也只有这些了。

然后，我抬起头：“谢谢你还让我来。这一点，真的非常感谢。”

我如实地把感谢之情传达给了他。

听我这么一说，和真露出了一个马上就要哭出来的表情，然后，他背过脸去。

“我是可怜幸子老太婆，不是因为你。”

他的脸上居然泛出一丝红晕。

“和真，谢谢你！”

奶奶也来到和真的座位旁，向他道谢。

和真还是朝着边上，不过点着头。我这才注意到，他在奶奶面前，还是挺老实的。

这时候，美织进了教室。

“是幸子和优菜！”

她高兴得欢呼起来。

“太好了！昨天只有我跟和真在，太无聊了。”

只有和真和美织两个人？

“松本呢？”

“松本好像请假了。”

我看了看周围，松本今天也没有来。

“也许今天也休息吧？”

间濑老师进了教室，一看到我和奶奶，就露出了笑容。

“老师，松本同学是请假了吗？”我问。

“我还是联系不上他。”老师担心地说，“昨天给他打电话了，但是没人接。”

这是怎么回事呢？生病了？受伤了？还是像奶奶一样，从台阶上摔下来了？因为松本是上了年纪的人，我脑子里一想这些不吉利的事情，就没完没了。

“我……”

和真似乎想说什么，看到大家的目光都看向他，又低下了头。

他想说什么？这时候，我突然想起来，他说过：

“一个老头子来上什么学！”

和真朝松本这么胡言乱语过。

所以，他肯定以为是自己的原因。

虽然松本是个成年人了，不大会因为这个就不来上学，但也不能百分之百保证啊。

吃饭的时候，和真几乎都没怎么吃。他一直低着头，想着什么。难道，他是觉得松本不来，自己有责任？

“和真，怎么没吃呢？”卡洛斯问他。

谁的情绪不对劲，卡洛斯总是能第一个发现。但是，和真还是什么都没说，只是低着头。

卡洛斯小声问我原因。

我告诉他，松本没有来上学，之前和真对松本说了一些很过分的话。

“松本同学因为这个就请假了？”

卡洛斯歪着头。

“这个倒不确定，不过，我感觉，和真可能觉得是自己的原因吧。”

卡洛斯微微点着头，然后大步走到和真旁边。

“去跟松本说‘对不起’？”

卡洛斯问和真。

然后，他就像说了什么天大的好话一样，得意地回到我身边，只留下和真在那儿发呆。卡洛斯可真是的……

但是，卡洛斯做的事情，也不能说不对。做了错事，就要道歉，别无他法啊。

我也放下筷子，走到和真身边。

“去向松本道歉吧。”

和真惊讶地看着我。

“要不去松本家吧。我也一起去。”

“我也……去。”坐在对面的美织也说，“我有点担心松本。”

“我也去！”虽然跟卡洛斯毫无关系，但他也举起了手。

和真紧紧盯着自己握成拳头的手。

还是不行吧……

正当我要放弃的时候……

“去。”和真说，“去松本家。”

“真的吗？”

我抬起头，正好和间濑老师的视线对上。老师还是像往常那样微笑着，朝我点了点头。

十、拜访松本家

松本住的是公寓，从学校出发，坐公交需要三十多分钟。

周六下午，和真、美织和我，以及卡洛斯四个人，带着间濑老师给的地图，出发去松本家。哪站下车虽然一看就明白了，但那之后再怎么走，我们都一片茫然。

有意思的是，我、美织和卡洛斯都不会看地图。唯一能依靠的，只有和真一个了。

和真一边嘟囔，一边走在前面。

“真是的，一个都靠不住。到底是为什么来的啊。”

“和真同学，好棒啊，这么熟练！”

美织的表扬，有点让人费解。

“不熟练，上次走路，还是四年前。”

和真背对着我们说。

四年前？走路？

我不懂他是什么意思。

“你说的是什么意思？不走路，那平时你是怎么生活的呢？”

“那还不简单吗？基本上不出屋子，去哪儿的话，都是用车送到那个建筑物前面。”

和真还是面朝前方说。

难道，他除了来学校都不出门？但是……

“那一次呢？之前我看到你的那次。是在买杂志吧？”

说完之后，我就想：完了！虽然不知道原因，但感觉和真不大想提起他去书店买杂志的事。之前的冲突，起因就是这件事情。我担心他又要发火了。意外的是，今天他居然没有生气。

“本来我要在停车场等着的，我妈说，无论如何，都想要那本杂志。”

我想象着当时和真跟妈妈博弈的场景。他妈妈可能特别希望他一个人去一下书店吧。

走了十分钟左右，我们看到一栋两层的建筑。墙上有好多裂缝，连说客套话都不能说“不错”的一个破旧的老房子。每间屋子的旁边，都摆着洗衣机。

“就是这里了。”

松本的家在一楼的最里面。

和真在门口停了下来。虽然面前就是门铃，但他却没有伸手去按。我脑子里闪过一种不祥的预感。

都已经到这儿了，他不会再打退堂鼓吧。

这时候，从他身后伸出一只长长的胳膊，按响了门铃。是卡洛斯。

叮咚——

门铃回荡在屋子里的声音，清晰地传入我们的耳鼓。我们都屏住呼吸，支起耳朵。好像隐约听到屋里有人在慢慢走动。

没有一点征兆，门突然就开了。穿着圆领运动服的松本出现在门口。

"啊！"

看到我们，松本低声叫了一声。

"那，那个，您怎么了？我们想来看看……"

我慌慌张张地解释道。

"您是生病了吗？"

美织问。

"屋里乱糟糟的，你们能进来吗？"

松本有些心虚地问。

太好了，没有赶我们走。

我放下心来。

进了玄关，旁边就是厨房。厨房后面是一个不到十平方米的放着榻榻米的房间。被子还散乱地堆着，没有叠。松本把被子胡乱堆了两下，放到房间的一个角落，然后对我们说：

“大家随便找地方坐吧。”

在被子旁边，有一个小桌子，我们围着桌子坐了下来。

咔嚓一声，松本把燃气灶点着了，不知道是不是打算烧水给我们喝。

我刚想说“茶就不要了”，和真却说话了：“那，那个……”

等我注意到的时候，和真已经站了起来。他握着双手：“那，那个……”

我咬着嘴唇，等着和真接下来说的话。

“那个……”

在说了好几次“那个”之后，和真终于说：“对不起！”

然后他猛地低下了头，就静静地站在那儿，他的手有些微微颤动。松本一脸惊愕，看着和真。

“那，那个，松本先生……”

我忍不住了，站了起来。

“和真已经反省过了，请原谅他吧！”

松本这才像回过神来一样，说：“为什么要道歉啊？没什么事情需要道歉啊。”

和真抬起头来。

“原来你们以为，我是因为这小子说的话生气，才不去学校的啊。”

“不是吗？”

松本用满是皱纹的手，揉了揉自己的脸。

“我不会因为那样的事就不去学校的，我发烧了。”

和真一下子跪坐在地上，仿佛刚才的紧张一下就消失了，他大口喘着气。

松本说，周三晚上，他突然发烧了，一直躺到今天早上。虽然他听到电话响了好几次，但身体动不了。

我以为和真又要出言讥讽，说些什么“老头子，电话都不接”之类的，但他什么也没说。

“好不容易才能去的学校，我不会那么轻易就不去的。还有一年就能毕业了。”

不知从什么时候起，松本的话多了起来。也许是大家来看他，他很高兴吧。

“松本先生，您为什么没有去上初中呢？我奶奶是因为要照顾弟弟、做家务什么的，不能去上学。”

本来是很难问出口的问题，感觉现在可以问出来了。

“原因差不多。因为要干活儿。”

“从还是个孩子的时候起吗？”

松本点了点头。

“父母都死了，除了靠自己活下去，就别无他法了。”

松本讷讷地说。

“战争年代生活动荡，妈妈动了胎气，早产了。是个弟弟。生是生下来了，但是，连哭都不哭。结果，弟弟和娘都没了。”

松本继续说：“为了生活，我什么都做过，偷东西、捡垃圾……为了活下去，我已经竭尽全力了，至于学校什么的，想都没想过。”

松本那时候好像只有十岁。放任十岁的孩子在这个世界上自生自灭，他到底要怎样才能活下去呢？我实在想象不出来。

教松本认字的是他当时认识的一个大叔。这位大叔住在一个用树枝搭起来的破烂的房子里，还让松本在那儿住了一年。

“打仗的时候，他丢了一条腿。”

松本说“学习很重要”是这个大叔的口头禅。只要有空，大叔就在地上教松本写字。

可能是受大叔的影响，松本自己也开始学些汉字。在房间里，我看到有本满是污垢的词典。

“因为是自学的，也不知道对不对，不太有自信。”

“我，我……”和真坐端正了，说，“您这么不容易才记下的汉字，我还说了过分的话……”

“哦，那个啊……”松本苦笑着说，“就像你说的，都是一些奇怪的汉字。全是自己瞎记下来的，也许有些是错的。”

和真摇摇头。松本盯着他。

“你很了不起。”松本突然说，“我不知道你是不是厌学什么的，很多年都不去学校，那是需要勇气的。但是，你遵从了自己的本心。而且，不是逃避，是在抗争。你还来了夜校初中，是鼓足了勇气吧？”

和真什么也没回答。也许他也回答不了什么。只是，他的眼睛里满含着的泪水，几乎马上就要夺眶而出了。似乎只要谁再说一句，那些眼泪就要掉下来了。

“不用担心。不管是谁说我什么，无论怎么样，我都会毕业的。”

“松本还会上高中吧？”

和真终于问出口。

“我从夜校初中毕业以后，想上高中。白天工作，晚上去上高中。”

“夜校高中吗？”

松本笑了。

“有八十多岁的高中生吗？”

“真好啊！”

卡洛斯开心地笑了。

“去上吧，高中。”

“让我想想。”

松本轻声说。

卡洛斯可真不错啊，我心想。他不只是油嘴滑舌，他的阳光开朗能够感染其他人，这也是种才能吧。

松本说他下周一能去上学。所以，我们安心地离开了他家。

从松本家去公交车站的路上，美织突然问：

“什锦烧，你们喜欢吃吗？”

“特别喜欢。”

卡洛斯立马回答。

“我也喜欢吃。”

“和真你呢？”

美织问和真。

“比较……喜欢。”

对和真来说，这个回答已经够温和的了。

“那，我们去吃吧。”

美织猛地跳到大家前面。

“我家的什锦烧，去吃吧。”

“‘我家的’？是美织上班的那家什锦烧吗？”

美织用力点了点头。

美织上班的什锦烧店，从这个公交车站过去还要坐四站。

“为什么要去那么远的地方啊？”

和真叽叽咕咕地说。

“因为想吃啊。”

美织突然抓住了和真的手。

“和真、优菜、卡洛斯都是。”

被美织抓着手，和真明显很慌张，但美织完全没在意这些。

结果，拗不过美织的盛情邀请，大家决定一起去吃什锦烧。

到了以后我们才知道，美织上班的什锦烧店，就是她的爸爸妈妈经营的店。

已经是下午三点了。虽然过了饭点，但店里还是人声鼎沸。

顾客很多，虽然很不容易，但好歹确保了我们有座位。

“坐吧！坐吧！”

美织一下子活力四射，语速都比之前快了很多。

“隆重推荐，混合特别什锦烧。”

我们三人都按美织的推荐，点了同一种什锦烧。

美织却没有跟我们一起坐下来，而是穿上围裙，进柜台里面去了，看样子是去做准备。

“感觉这会儿的美织，跟平时不大一样。”

和真和卡洛斯呆呆地看着美织。

美织的妈妈给我们端来了水。

“欢迎光临！多谢你们平时照顾美织。”

她低头向我们道谢，我们也连忙低头回礼。

美织妈妈的身材有好几个美织那么宽。

“上了夜校初中以后，美织特别开心。这都是大家的功劳。”

卡洛斯又开始油腔滑调：“美织很可爱呢！”

这时候，美织拿来一个盛着原料的碗。她熟练地在铁板上倒上油，然后倒上原料。

“我放了鱿鱼、虾和芝士。”

过了一会儿，什锦烧独有的香味飘了过来。

“美织，来瓶啤酒。”

有个熟客说道。

“好嘞，请稍等！”

美织大声回应。

我这才注意到，店里喊“美织”的声音此起彼伏。美织大概是这个店的吉祥物一样的存在吧？肯定是！

我正看得出神。

“啊！需要翻面了。”

回到我们这桌的美织提醒道。我手忙脚乱，好不容易把一个什锦烧翻了个面。卡洛斯虽然不大明白，东看西看，但也学我的样子依葫芦画瓢。和真虽然把锅铲放到了一个什锦烧下面，但却犹犹豫豫，不敢翻过来。

“已经焦了。”

美织从和真手里拿过锅铲，手法熟练地翻了面。

“绝对不要从上面往下按。”

美织给我们留下指示，又去了其他桌。

在店里忙活的美织手脚麻利，笑脸盈盈，阳光活泼。收银的时候也是轻车熟路。

“美织好酷啊。”

我不由自主地说。

“嗯。”

头一次，我跟和真居然能看法一致。

“什锦烧，棒极了！”

就在卡洛斯大声赞不绝口的时候，美织的妈妈过来了，又给他端上了一个什锦烧。

十一、夜校初中的魔法

周一这天，松本来学校了。我还是像往常那样，每天陪着奶奶来上学。

“今天，我们来读这个。”

这天，间濑老师准备了讲义，上面印着一篇文章，题目叫《给没有长大的弟弟们》。

“这是一年级教材里的一篇文章，所以，和真同学，你用教材就可以。”

讲义上的文章，汉字上都标注着读音。

老师没有点名让谁读，而是全都自己读了。我们聚精会神，静静地听着。

这篇文章讲的是战争中的故事。主人公有一个尚在喝奶的弟弟，他悄悄喝了定量供应的牛奶，这牛奶是好不容易得来的，本来是给弟弟喝的。他明明知道弟弟当时还只能喝牛奶……不久之后，弟弟就因为营养不良死了。

故事念到最后，我听到有人在吸着鼻涕啜泣。是美织，她一边听一边哭。

就像是为了打破沉重的氛围一样，和真说：

“别喝那牛奶啊。这样的话弟弟就死了，肯定不行啊。是傻瓜吗？这家伙！”

和真一副快要哭出来的样子，话也比平时多。

“战争时期，大家总是饿肚子。”

这句话，是奶奶说的。

“因为能吃的只有芋头或树叶。只要有一点点甜味的东西都珍贵得很。”

“是啊。”

松本也罕见地开口说。

“不管什么东西，都想往嘴里塞。”

“是啊，没什么真正能吃的东西，大家好像都营养不良。可能好多孩子都不是因为打仗，而是因为营养不良死了。”

两人的这番谈话，谁也插不进去嘴。

松本说过，他的弟弟一出生就死了，但不是因为营养不良。有可能，他想起了那个孩子吧。

教室里一片沉默。

“好多孩子都死了……”

奶奶自言自语一样说道。

“嗯，是啊，所以说是‘弟弟们’。”

美织突然说：

“我一直在想，为什么是‘弟弟们’呢？死的不是主人公的弟弟一个人吗？现在我明白了，没有长大的婴儿还有很多。因为战争、营养不良，在长大之前就死了的孩子，数不胜数啊。”

不知道什么时候，美织口齿清楚了起来。可能是说到了自己感兴趣的话题，所以她也自信了。

“非常宝贵的发言，谢谢。”

间濑老师对松本和奶奶点头致谢。

“跟我一知半解的知识不同，两位的话含义深刻。真是受益匪浅。”

“哎呀。”

奶奶的脸都红了。

“哪里哪里，我的话还能让老师受教。”

松本只是默默地一遍一遍地点头。

像这样，有时候学生也会变成老师。这就是夜校初中。师生角色互换，就像魔法一样。

从这天起，大家在下课后开始练习打排球。在这一带，一共有六所夜校初中，每年六月，都会举办排球大赛。

“夏天是排球比赛，秋天是篮球比赛。”卡洛斯告诉我。

夜校初中有老年人，而且很多人周末不休息，所以不可能所有人都参加。不过，有些人即使不参加比赛也会去练习，比如美织。

“和真，一起吧！”

卡洛斯单刀直入地问和真。

“我啊，不参加。”

和真没有一丝犹豫，立马拒绝了。但是，卡洛斯没放弃，他拉着和真的手不放。

“排球很有意思。大家一起努力！我跟和真一起打排球。”

他满含热情，滔滔不绝，似乎把所有会的日语都说出来了。

“只要去做就会成功，不去做就不会成功！”卡洛斯自信满满地说。

最近，他经常说一些类似于名言的话。我怀疑教他这些的人是奶奶。因为他说的这些话，一般是印在家里喝茶的杯子、日历上的。比如什么“千里姻缘一线牵”“成为朋友是美好的事情”之类的。

阿底提也罕见地过来劝和真。

“和真，一起吧！”

在我看来，被散发着幽香的阿底提一劝，谁都会怦然心动，不管她说什么都会听的。

果不其然，和真被拉去了体育馆。

“那，我们就开始吧！”

卡洛斯竟然是队长，副队长是阿底提。所以，为什么阿底提也会来劝和真的谜团解开了：选手实在是太少了。

和真似乎是有生以来第一次接触排球，每次接发球的时候，球都会朝完全相反的方向飞去。可能是为了找补回来，他还说：“明天我就能成为教练。”

“明天我就会制订好作战计划的！”他宣布。

第二天，果真就像说的一样，他还真制订了作战计划。看样子，他似乎看完了全日本的比赛视频，从中学习战术。他甚至带来了平板电脑，展示给大家看。

“所以，在这儿接发球的话，就能进入这边快攻！”

他得意扬扬地解说着，但是，情况并不像他说的那么乐观。不过，卡洛斯还是像往常一样捧场：“明白了，和真！太棒了，教练，就拜托你了啊！”

和真虽然不可能没注意到这些，但他还是像教练一样，在球场旁边煞有介事地摆着姿势。即使是完全没按和真的指示来打球，卡洛斯还是喊着“搞定”之类的。看着这一幕，和真自己都忍不住笑了。

“和真同学笑了呢。”

美织高兴地说。

果真是。

从什么时候开始呢？和真也会像个普通人一样笑了。

这可能就是夜校初中的魔法吧。

十二、同级生

“哪里不大对劲……”我心想。

松本和美织平时总是坐同一趟公交车来，所以，他们几乎都是一起到教室。但是，这天松本却晚了很久。直到快上课了，他才踩着点进了教室。

是他中途去了哪里吗？

在他来的路上有便利店，也有商业街，不过跟他下车的车站是在相反的方向。如果他是买了东西再来，也没什么奇怪的，因为他是独居。

但是，松本一进教室，我就发现，他脸上有道伤痕。

“松本先生，您怎么了？是摔倒了吗？擦伤了呀，脸颊这里。”

我在自己的脸上指了指，告诉他受伤的位置。

松本用手摸了摸脸颊，看有没有出血。

“只是擦伤了一点皮而已。”

他若无其事地说。

肯定是摔跤了，我心想。虽然他看上去很健壮，但毕竟已经是八十多岁的人了，脚底下不稳当也是有可能的。

“美织，松本是在哪儿摔了吗？”

美织听我这么一问，有那么一瞬间表情僵住了，但很快就摇了摇头。

这时候，只听有人说：

“卡洛斯还没来。”

和真一边嘟嘟囔囔，一边进了教室。

“今天的练习可怎么办！”

虽然和真只是在球场旁边给大家看平板电脑，但他显然是对排球训练上心了。

“卡洛斯昨天说，可能会晚点到，因为现在工厂很忙。”

我把昨天从卡洛斯那儿听来的消息告诉和真。每逢这样的时候，卡洛斯要么就会迟到，要么就是快上课了才来。好像是因为工厂人手不够，如果工作没有做得差不多，他就不能来。

昨天我去H班，看到卡洛斯少见的一脸疲惫的样子，但他一说话，又变成了那个油嘴滑舌的卡洛斯。

“哦，是吗？”

最近和真跟卡洛斯走得很近。课间休息的时候，和真还教卡洛斯学数学。

“想上高中的话，只学日语还不行。”

和真还这么鼓励卡洛斯。

松本除了脸上的轻伤，其余的地方没有受伤，也没看出来他身上哪里疼。看样子似乎并无大碍。

那时候，我是这么想的。

但是，第二天，就出事了。

这一天，在我们快到校门的时候，看到和真从妈妈的车上下来。他看到我，表情有点讪讪的。

“坐公交来就好了。”我说。

“最近就坐。”

他冷冷地回答。

“已经快三年了，不那么着急也好。过一阵就行。”

奶奶帮着和真说话。奶奶就是这样，总是迁就着和真。

在我们就要进校门的时候，美织从公交站那边跑过来。她看上去快哭了。

“这是怎么了，美织？”我问她。

“松本他……松本他……”

美织只是重复着松本的名字。

“松本怎么了？”

“松本他……”

美织太着急了，说不出个所以然来。

“冷静一下，美织，深呼吸。”

美织调整了一下呼吸，终于说：

“公交车里有几个高中生故意大声打电话，然后，松本去提醒他们。那个，昨天的，那是……然后，和他们一起下车了……”

美织似乎在脑子里拼命组织着语言。

“他提醒高中生们，他们追下来，然后干坏事，是这样吗？”

面对我的追问，美织点了点头。

“今天又打电话了。那个，是故意的……”

好像高中生们为了整松本，故意在他面前大声打电话。以松本这样的性格，一定会再次提醒他们的。

在美织说完之前，我已经跑了。

松本在哪儿呢？在哪儿呢？

我在公交站前面停了下来，但是，没有看到松本的身影。

在哪儿呢？

我扭头看了看四周，自动贩卖机的背后，好像有一个穿白衬衣的身影一晃而过。我跑过去一看，三四个人就像围墙一样围在一起，中间似乎还有个人。那个人，肯定就是松本了。高中生们把他围起来了。

怎……怎么办呢？

我虽然跑到了这里，但是不知道接下来该怎么办了。大声喊？还是叫警察？这时候，有人从我身边跑了过去。

“你们这些家伙在干什么?！”

是和真。

和真站在高中生们身后，大声喊道。

“放开松本！”

听到和真的喊声，高中生们回过头。

“我们可是什么也没做……”

其中一个高中生用不屑的眼神低头看着和真。和这些高大强壮的高中生比，矮小的和真就像个孩子。

“我们才是受害者呢，打个电话，都被嘀嘀咕咕说个没完。”

“总之，这个老头子吵得很！”

高中生们厌恶地说。

“不许说‘老头子’！”

和真喊道。

“这个人叫松本。叫他松本先生！”

“啊？”

“什么啊，他是你爷爷？”

高中生们松开抓着松本的手，向和真围过去。和真怒视着高中生们，大声说道：

“他是我的校友！”

“啊？那是什么玩意……”

高中生们脸上浮现出一抹坏笑。

“胡说的吧！”

“是真的！这个人是夜校初中的学生！”我对高中生们说。

高中生们大声笑了起来。

“真傻！”

“这么老的老头，还上中学，不可能——”

这时候，和真喊道：

“乱说什么！”

他瞪着欺负松本的高中生们。

“快给松本道歉！”

虽然他气势十足，但瞬间就被打倒在了地上。

“和真！”

我朝和真跑过去。

“各位，不要打架！”

这时候，我身后传来一个沉稳的声音。

“请好好相处。有缘才会相遇！”

是卡洛斯。

不对，不止卡洛斯，还有安德鲁和阿底提。在他们后面，至少有二十个外国人，都是青叶初中的学生。

“这些家伙都是谁啊？”

高中生们虚张声势地摆出架势。来了这么多外国人，他们害怕了。

“我们跟松本是一个学校的。”

“他是初中生。”

“我们跟松本一起学习。”

“不要使用暴力！”

高中生们的语气听起来明显底气不足了：“什么啊？这些

家伙真扫兴。”

这话就是逃跑的暗号，他们脚底抹油，一溜烟跑了。

和真还坐在地上，卡洛斯朝他伸出了手。

“和真，干得漂亮！”

和真狼狈地低着头说：“谢谢。”

松本向大家道了谢，然后走到和真面前：“和真，谢谢你！”

和真深深地低下了头。

“有什么办法……”和真不好意思地把头扭到了一边，“不能放任不管啊，都在一个班。”

说完，他就跑了起来，一边跑还一边喊：

“不快点的话，就迟到了啊！”

十三、排球比赛

排球比赛的赛场在花谷初中体育馆，离青叶初中的校区稍微有点远。

虽然不会作为选手参加比赛，但我和奶奶还是赶往了赛场。是爸爸开车送我们过去的，这让我们很是意外。

我看了看体育馆，来助威的人里三层外三层，站成了人墙。在人群中，我发现了间濑老师的身影。于是，我一边向她鞠躬，一边从人群的缝隙往里挤，好不容易才挤到老师身边。老师身边还站着一位女士，年龄跟我妈妈差不多，她低头朝我行礼。最开始我还不知道这是谁，仔细一看脸，我才认出来，这是和真的妈妈。之前，我隔着车窗的玻璃看见过她，但这么近还是头一次。

比赛分为A阵营和B阵营。循环赛之后，各个阵营赢得最多的队进行总决赛。如果在预赛中失败了，就只能参加两次比赛。

比赛很快就要开始了，各个队都集中在一起热身。

青叶初中在哪儿呢？我环顾着体育馆。看见了！他们在入口的正对面，也就是舞台前面。但是，人却特别少。

本来参加的人就没那么多。大约十五人吧。但是，这会儿在赛场的，数来数去，也才五个人。

“打排球比赛，这点人可以吗？”

奶奶也很担心。

“我去看看。”

我出了门，经过紧挨着体育馆的小道，绕到了舞台那边。

“卡洛斯！”

我喊队长卡洛斯。

“大家人呢？这人也太少了。”

“阿底提在工作，脱不了身。”

阿底提在咖喱店上班，她说过，跟她一起上班的人得了麻疹，她可能来不了了。

“其他人呢？”

“不知道啊，大家都说过要来的。”

“这不是胡来吗？这种时候迟到。”

和真一副置身事外的样子说。他还是像往常一样摆弄着平板电脑。还是那样，当着名义上的教练。

我看了看体育馆的挂钟，离比赛开始，只有不到十分钟了。

这时候，刚才一直在看着手机的安德鲁喊了一声：“卡洛斯，不好了！地铁停了！”

卡洛斯连忙跑到安德鲁身边：“地铁？大家都是坐的地铁吗？”

和真在平板电脑里查着什么。

“是车出故障了。怎么办啊？在这种时候！”

我又确认了一下人数，除了卡洛斯，只有四个人。

“怎么办？人数不够啊。”

卡洛斯把手叉在腰上，想着什么。

安德鲁说：“刚刚打电话来了，他们正坐公交车往这里赶。”

太好了！但是，现在换乘公交车，要到这里，还需要一些时间才行啊。

在舞台旁边，老师们聚在一起商量着什么。可能别的学校也有学生还没到吧。

“可能会赶不上比赛开始啊。”和真推测。

不仅是他，我也是这么想的。

然后各个队的队长被叫了过去，老师跟他们说着什么。卡洛斯回过头，看了看队员们，然后用手开始数人数。其实不用数都知道，人不够，只有五个人。

卡洛斯频频点着头，然后跑了回来。

“怎么说的？”

大家问。

“有多少人就算多少，开始比赛。”

卡洛斯说。

“有多少人……那也不够啊。”

难道他打算五个人去比赛？

“我们有六个人。”

卡洛斯笑嘻嘻地把目光转向旁边的和真。

大家的视线都集中到和真身上。和真眼睛睁得大大的，眼珠子都快要掉出来了。

“我？不行的。我不是选手，是教练。”

他把平板电脑拿出来，犹如拿着挡箭牌一样，但是卡洛斯嗖的一下把平板电脑从他手里抽走，递给了我。

“没关系，‘成为朋友是美好的事’。”

这句话可不是这么用的啊！

很快，和真就被卡洛斯拽进了球场。

“不用担心，相信我！只要做就会成功。”

这句话的意思应该是大家会在球场上带着和真吧。

“知道了。”和真就像下定了决心一样，“我参加比赛。”

会场响起了广播声：“参加第一场比赛的选手，请集合！”

第一场比赛是青叶初中对战身为东道主的花谷初中。我赶紧回到观众席。

“和真同学会参加比赛吗？”间濑老师担心地问。

“好像会参加。”

在间濑老师旁边，和真的妈妈目不转睛地盯着赛场。她的双手合在胸前，看上去就像在祈祷一样。

嘀嘀——

口哨声响起，宣布比赛开始。

和真站在主攻手中间。他的右边是卡洛斯，左边是安德鲁。两个人可能是想带一下和真吧。

对方发球过来，和真后面的小张接到了。安德鲁将球托起，卡洛斯立马发起了攻击。

得分了！

观众席响起猛烈的掌声。和真也兴奋地跟大家击掌。

接下来是卡洛斯发球。卡洛斯趁着有发球权，一口气得了五分。

“说不定真会赢呢！”

青叶初中的观众席中，欢呼声不断。

但是，比赛进行得并没有那么顺利。那是在我们队一度丢了发球权之后，再夺回发球权的时候。这一次，发球的是和真。从他拿到球之后，赛场就弥漫着一种奇怪的气氛。和真拿球的姿势，笨拙到任谁都能一眼就看出来。

在考虑球能不能成功发过去之前，我首先怀疑他的手腕能不能碰到球。看着赛场的情形，我的心脏都快跳出来了。哨声响起，和真两只手举起球。我想，他接下来的动作，应该是用手腕使劲击球吧。总算是没有打空！不过，球没有打到对方的场地，而是飞向我方的后半场，猛地砸在后卫洪华的头上。体育馆里发出一阵哄笑。

我坐得那么远，都能看到和真的脸涨得通红。不好！他可是和真啊。他很有可能会说“不打了”，然后一赌气就从球场上下来了。我的心里掠过一丝不安，就在这一瞬间，听到一声大喊。

“放轻松！”是卡洛斯在大喊，“和真，放松！”

和真红着脸点了点头。我听到他的妈妈重重地喘了一口气。

本来，我想以卡洛斯的机灵，危机已经过去了。但是，其实真正的危机还在后面。

因为和真发球的样子，对方球队好像发现了，我们的短板就是他。很快，所有的攻击都集中到了和真身上。虽然大家都拼命掩护他，但无济于事。面对对方的攻击，其实躲闪也没事，只要动作迅速就行，但是恐惧排球的和真就缩着身子，站在那儿一动不动。

“和真，像这样。”

小张教和真接球的姿势。但是，和真看都没看，他似乎已经完全晕了。

“和真！加油啊！”

观众席有人大声喊。但是，这声音和真肯定没听到。

对方陆续得了好多分，离赢球只差三分了。对方发过来的有些猛烈的球，甚至打到了和真脸上。他的眼镜飞了出去，人也倒在了地上。

“和真！”

卡洛斯飞奔过去。

“没事吧？”

洪华捡起和真的眼镜，放到他手里。

卡洛斯转过头，朝着我坐的方向。

“不行啊！”他的嘴唇嚅动，示意道。看样子，卡洛斯是打算弃权了。也许，他也这么跟和真说了吧。

和真重新戴上眼镜，站了起来，看着卡洛斯。然后，用观众席都能听到的声音大喊：

“决战这才开始呢！”

一瞬间，体育馆里所有的人都看向他。

“刚才的发球我懂了，会了！”

赛场响起一阵喧闹声。

大家再次各就各位。对方发球。每个人都屏声静气，紧盯着赛场。虽然和真放了狠话，但对方不可能就这么轻易改变攻击目标，他们又直直地冲和真发过球来。和真猛地弯下腰，用手腕和手肘中间接住球。只听砰的一声，球高高地飞了起来。

“好球！”

安德鲁抓住机会，往下一个背传，将球传了出去。

接下来的瞬间，卡洛斯用一记漂亮的进攻得分。

“赢了！”

犹如我们已经赢了一样，观众席沸腾了。

“赢了！赢了！赢了！”

大家兴奋地和身边的人击掌。和真的妈妈也笑了，眼里满含着泪水。

不过，和真的发奋也就这么一回。之后，他就再也没有接起来过球。结果，青叶初中又连连输球。尽管如此，不管是和真，还是卡洛斯和安德鲁，都由衷地笑着。

十分钟之后，坐公交车的人到了。第二回合就是之前参加训练的人比赛。和真傲娇地一只手拿着平板电脑，一只手发号施令。结果，我们一胜一败，没有进决赛。

虽然是这样，间濑老师还是满意地点着头。和真的妈妈一遍遍地擦着眼泪。最希望他来上夜校初中的人，应该就是她了吧。

因为一直站着，喊着，奶奶的脸上已经露出了疲惫的神色，我决定跟她先回家。我一边扶着奶奶往外走，一边给爸爸打电话，请他来接我们。这时候，有个人也跟着我们出来了，而且，这人我还很眼熟。我定睛一看，竟然是小志老师！

“老师！”

我跟他打招呼。

“嚯！”他朝我挥挥手，又跟奶奶点头问好，奶奶也跟他打招呼。

“多谢您一直照顾我孙女。”

“老师，您也来了啊。”

不知道之前他在体育馆的哪里，我一点都没注意到。

“嗯，和真的妈妈给我打电话了。”

原来如此，是和真的妈妈联系了他。

“太好了！和真也能接球了。”

我点着头。

“虽然输了。”

“是啊。”

“是啊，输得很惨啊。”

我们都笑了。

“不过，比赛很精彩。”

“我也是这么想的。”

我还想告诉老师更多关于和真的事。

“老师，和真变了好多。也许，跟从前老师认识的那个他不一样了呢。”

“嗯，我觉得也是。”

小志老师居然罕见地听进去了话。

“他是让我感到自豪的同学。”奶奶说。

“真好！”小志老师说，他深深地感慨道，“真的太好了！”

十四、再见了，夜校初中

其实，有件事，之前我就知道了，虽然奶奶没有说。

在妈妈带奶奶去医院那天的傍晚，奶奶终究还是开口了：

“谢谢你一直照顾我到现在。我的脚好像好了，不用拐杖也可以走路了。”

我之前虽然一直装作不知道，但其实，我已经看到奶奶不用拐杖晃晃悠悠地走过，脚应该是不疼了。她之所以迟迟没有告诉我，可能是因为看我很享受去夜校初中的时光吧。

“让优菜送我去学校，今天应该是最后一天了。这么长的时间，谢谢你了！”

本来我还想送到六月中旬的。送奶奶去学校，已经过去一个多月的时间了。我心里明白，不可能一直这么下去。

这天，奶奶久违地没有用拐杖，跟我一起步行到了樱台站。她向今村报告道：

“这段时间，让您挂心了。我的脚已经好了。孙女送我，今天是最后一天了。”

“太好了。”今村对奶奶说。

然后，他又笑着对我说：

“这么长时间，一直陪伴着，辛苦了！”

每天我们来回，今村都会跟我们说：“走好啊！”“回来啦！”在这之后，他也一定会继续守护着奶奶的。

到了学校，我告诉了间濑老师，以后不再陪着奶奶来了。老师还是像往常一样笑着，说：

“是吗？没有你以后还有点寂寞呢。辛苦你了！”

我跟美织、和真和松本也说了这事。心里想着，之后还必须去H班告别一下。

走廊的公告栏上，贴着之前排球比赛时照的照片。大家脸上的笑容都灿烂无比。

真的发生了好多事啊！虽然才短短的一个多月的时间。

细想的话，会觉得心情有些沉重，所以我强迫自己，不要再想了。

在跟和真吵架不能来学校的时候，我心里无法控制地特别特别难过，但是现在，心情却很舒畅。

吃饭的时候，间濑老师让我跟大家告个别。

本来我拒绝道：

“还是不用了吧。”

但老师说：

“优菜来这里有一个多月了，应该跟大家告个别。不然大家也会担心优菜怎么了。”

仔细想想，老师说的是对的。我从大家那里得到了那么多宠爱，就这么悄悄地消失，是不符合规矩的。

如果不早点说，我会一直都很紧张，可能连饭都吃不好，所以我想在吃饭前就说。

这天在食堂吃饭时，间濑老师看了看钟，估摸着大家都到了，就大声说道：

“优菜有事情要跟大家说！”

间濑老师说完，我就离开座位，站到黑板前面。大家的目光一下子全都聚集到我身上。虽然我紧张得心脏咚咚直跳，但仔细一看，都是熟悉的面孔。

“这一个多月的时间，承蒙大家的照顾！奶奶的脚已经痊愈了，所以，我陪奶奶来上学，今天就是最后一天了。”

卡洛斯专门挪了挪椅子，挨着我坐下。他晃了晃手指，仰着头看着我。

“虽然我只是一个陪同人员，但我跟大家一起上过课，一起练过排球，真的特别开心！”

我跟美织对视了一下，看她的表情似乎马上就要哭出来了。看她这样，我也鼻子一酸。

“在奶奶来这里上学之前，我对夜校初中还一无所知。有什么人在里面？他们在学什么？我从来就没有想过。”

和真看着我，似乎想知道我要说什么。即使说什么不好听的，他也不会接受的。

“虽然这里学习的东西有的跟白天的初中一样，但是，大家学习的态度却和白天的初中截然不同。这里的人明显更认真。我觉得很了不起。我想，学习应该就是这个样子的吧。”

我呼了一口气。

“虽然发生了很多事，但是，我很喜欢夜校初中，觉得来了这里真好！所以，跟大家告别，我其实很难过。如果能再跟大家在一起就好了。”

说完以后，我想完了。因为，我察觉到，自己马上就要哭出来了。

“没关系的！”美织小声说，“即使分别了，我们也一直是同班同学。”

“现在也不是同班同学吧？”和真嘲弄地说。

美织一下子就泄了气。真是的，和真这家伙，到最后都是这样。

但是，他又继续说：

“不是同班同学，说起来，应该是伙伴。”

伙伴？

我有点怀疑自己的耳朵。刚才他说的，是真的吗？

“伙伴——说得太好了！”卡洛斯站了起来，拍着手，“和真，你说得真好！成为朋友是件美好的事情！”

“又来了，卡洛斯！净说这些。”

大家都笑了。我也笑了。

“从明天开始，虽然不能跟大家在一个教室上课了，但是，在这个街上、这个校舍里学习的你们，我不会忘记的。谢谢大家！”

最后，我环顾四周，看着大家的脸。每个人脸上都挂着笑容。

咔嚓——

我在心里按下了快门。

这些是我要永远保存在心里的笑脸。

在这之后，像往常一样，我跟他们一起上了四个小时的课，然后大扫除。结束后，我出了教室。

“承蒙您关照！”我向间濑老师道谢。

我又对美织说：

“下次，我们还一起吃什锦烧啊。”

我跟她约定。

然后，我对松本说：

“请保重身体，好好毕业啊！可以的话，请再去上高中啊！”

对和真，我不知道该说什么。

“再见！”

对他，也许只说这个就行了。但是，和真一副“只有这个？”的表情，他对我说：

“要是数学和电脑有问题，随时都可以来问我。”

还是一副高傲的样子。

“那，下次我教你打排球。”

我回击他说。他做了一个踢我的动作，不过，眼睛里都是笑意。

“再见！”

我跟大家挥了挥手，出了教室。

“奶奶，小心台阶啊。”

我们两人一步一步地下了台阶。

“不要再摔跤了啊。”

“知道了哟。”

我和奶奶两人哧哧地笑着，下了台阶。

可能是因为白天天气晴朗，走出学校换鞋的出入口就可以看到天上繁星闪烁。我想起来，在今天的课上，我们学习了“夏夜的星座”。

“像这样看星星，之前还没有过呢。”奶奶说，“星星还有名字这些事，学校如果不教，我一直都不知道呢。”

“是啊。”

但是，即使在我们不知道它们名字的时候，星星也是这样挂在天上，幽幽地闪烁着光芒。

我回过头，看着夜校初中的校舍。黑暗之中，一片黄色的灯光若隐若现。在那些灯光中，是我来这儿之前连名字都不知道的人。他们就像夜空中闪烁的星星一样，凭着自己的力量，闪耀着明亮炫目的光芒。

“优菜——”

有人从窗户伸出手来，朝我挥着手，是美织。

从H班的窗户探出身来的，是卡洛斯，还是说着那么浮夸的话："优菜，I love you！"

"下次见！"说这句话的是和真，在旁边挥着手的是松本，他罕见地满面笑容。

"下次见！"我也跟他们挥手。

嗯，是啊，只要来这里，什么时候都能再见的。

明天，去学校的时候，我要告诉朋美和小蕾："我的奶奶，是个初中生。"

虽然不知道她们会说什么，但是，现在我的心情是，迫切地想把这件事告诉她们。

"优菜，走吧。"

奶奶叫我。

"嗯。"

我和奶奶并排走着。在灯光已经消失了的商业街对面，青叶站映入了我们的眼帘。

图书在版编目（CIP）数据

夜间中学 /（日）山本悦子著；王志庚，陈瑜译
. -- 北京：中信出版社，2023.10
ISBN 978-7-5217-5773-6

Ⅰ. ①夜… Ⅱ. ①山… ②王… ③陈… Ⅲ. ①儿童故事－日本－现代 Ⅳ. ① I313.85

中国国家版本馆 CIP 数据核字（2023）第 105876 号

夜间中学

著　　者：［日］山本悦子
译　　者：王志庚　陈瑜
出版发行：中信出版集团股份有限公司
（北京市朝阳区东三环北路27号嘉铭中心　邮编　100020）
承 印 者：北京通州皇家印刷厂

开　　本：880mm × 1230mm　1/32　　印　　张：5.5　　字　　数：100千字
版　　次：2023年10月第1版　　印　　次：2023年10月第1次印刷
京权图字：01－2023－2278
书　　号：ISBN 978－7－5217－5773－6
定　　价：29.80元

出　　品：中信儿童书店
策划编辑：张慧芳
文字编辑：尤璐
责任编辑：袁慧
营　　销：中信童书营销中心
装帧设计：周宴冰